温泉里
开出的莲

石顺江／著

路过心上的经典散文
邂逅一生的悦读，愿你翻过每一页

天津出版传媒集团
百花文艺出版社

图书在版编目(CIP)数据

温泉里开出的莲花 / 石顺江著. -- 天津 : 百花文艺出版社, 2021.1

ISBN 978-7-5306-7798-8

Ⅰ. ①温… Ⅱ. ①石… Ⅲ. ①散文集 – 中国 – 当代 Ⅳ. ①I267

中国版本图书馆 CIP 数据核字(2019)第 253702 号

温泉里开出的莲花
WENQUANLI KAICHU DE LIANHUA
石顺江 著

出 版 人:薛印胜
责任编辑:刘佩莲
装帧设计:宋双成
出版发行:百花文艺出版社
地址:天津市和平区西康路 35 号　**邮编:** 300051
电话传真: + 86-22-23332651（发行部）
+ 86-22-23332656（总编室）
+ 86-22-23332478（邮购部）
网址: http:// www.baihuawenyi.com
印刷: 唐山富达印务有限公司
开本: 640mm×910mm　1/16
字数: 260 千字
印张: 19
版次: 2021 年 1 月第 1 版
印次: 2021 年 1 月第 1 次印刷
定价: 49.80 元

如有印装质量问题,请与唐山富达印务有限公司联系调换
地址:唐山市芦台经济开发区农业总公司三社区
电话:(022)69383810　　邮编:301505

在阅读中优雅老去

二十岁时,第一次去凤凰,不为古镇美景,只为能与偶居夺翠楼的黄永玉先生见上一面。

时逢雨季,沱江奔啸,烟波微茫信难求。苦待数日,仍没能等到想见之人。

在清冷的雨丝中独自徘徊,满心失落。无意走进一家书店,里面尽是沈从文先生的文本作品。无处可去,只好在僻幽的角落里翻阅旧籍。而后,一发不可收拾。

回程当日,总觉有重要东西遗落城中,寻思许久,才跑去那条巷子的书店里买了本周身泛黄的《边城》。这本有着深蓝小印戳的《边城》,至今仍安躺于我的书柜里——它不仅使我在未果的行程中找到些许补偿,更让我在之后的时光无比怀念二十岁的自己。

再后来,兴许命中所定,真与书结下了不解之缘。不但自己看书写书,更领着诸多热爱文学的人走上了自己想走的路。

我经常跟学生们说,阅读是写作的命脉,只有不断阅读,才能保持创作角度的新颖和思维的敏捷。然而,阅读所赐予的,又何止是这些?

不管在何时何地,只要手中捧着一本书,心里便会觉得安然。书不但能排遣无聊的寂寞,将岁月的伤痛逐一缝补,还能把心灵淬炼成一块玲珑美玉。

一个爱书之人,必是睿智且沉稳的。遇事不惊,处之泰然。古人所说的“腹有诗书气自华”,便是这意思。

生命本就是一次有限的跋涉。一个经常看书和一个经常沉迷在网游世界的人,心灵绝对是不一样的。前者,往往更能体悟一叶一菩提的真谛。

书本所给予心灵的力量,是不可言喻的。十年寒窗,说的并不是读书人的艰辛,而是意在表述读书人的坚忍和不懈。试问,有多少人可以在寒窗下十年如一日地重复做同一件事情?

正如北大教授曹文轩所说:世间最优雅的姿态,就是阅读。不论静坐还是倾卧,甚至在厕所里,它都是最美的姿态。因为这样的人,通常都会从骨子里散发出一种极具亲和力的书卷气。

阅读人物，通晓历史，可以他人鉴知自己得失；阅读杂文，百味世事，可在辛言辣语中澡雪精神；阅读情感，温热肺腑，可居书香浓情里滋养心灵；阅读故事，体会人生，可于静谧岁月中倾情流泪……

每一种书，都是风景；每一本书，都是亟待窥破的秘密。

宋朝诗人黄山谷有一句名言："三日不读书，便觉语言无味，面目可憎。"这其中说的，就是每日读书的重要性。

本套系列图书，所遵循的就是这个简单的理论。通过遴选当下不同类型的精华文章，给读者送去不同的心灵养分——成长卷让你懂得如何珍惜青春，成功卷让你明白如何把握自己的人生，真情卷让你寻回本真的感动，感悟卷让你看到世界别样的美好……

为了能找到年度最精华的文章，为了给读者省去寻找的繁琐，我们几乎把本年度的期刊翻了个遍，邀请了二十四位中学生喜爱的作家，目的就是为了去其糟粕，取其精华。

这些作家的名字，不仅经常出现在全国各大刊物，还经常出现在各省市的中高考语文阅读理解试题中——我们的宗旨只有一个，就是为这个时代的读者，奉献好书。

但愿我们可以放慢匆乱的步伐，一起在欢愉的阅读中，优雅老去。

一路开花

二〇一八年十二月书于云南曲靖

目录

第六辑 劳斯莱斯的香水

第七辑 价值70万美元的建议

第一辑

没有方向，任何风都会成为逆风

　　机会总是留给有准备的人，我对这件事感兴趣，我就会把它做好。无论刮什么风，心中只要有方向就行，没有方向，任何风都会成为逆风。

·不问今生只拍前世

如今，在纸质照片离人们渐行渐远时，北京黑桥艺术区的一家照相馆却引来不少关注。

里面的每一个物件都可作为一个场景导入的切口，让人“穿越”一般，感受到身份、情感、关系被重塑。短短两年，这家白夜照相馆，在京城掀起一股复古风，影星名流们纷纷前往。

杨威是辽宁铁岭人，85后，自小喜欢画画。2005年，他考上了中央美术学院实验艺术系。大二暑假，杨威去表舅家玩，扒捡一木箱旧画册。画册里夹带的照片掉下来，表舅乐了，“哎呀，这是我6岁时的照片呢，居然没丢，成老古董了。”

杨威自此对老照片产生了巨大兴趣，没事时就去古籍市场转，谁家收藏有老照片他都会登门欣赏。每张照片都是一段古旧的故事，里面有绰约多姿的少女、有姐妹花、有爱情的见证，也有全家福。杨威从中看到了不同的人生轨迹、世事变迁。

后来，杨威遇到学弟王旭，引为知音。王旭爱收藏摄影器材、研究照相馆历史。两人决定未来往这方面发展。

2010年，学弟王旭毕业，杨威还在美院继续读硕士，两人便开始摄影赚钱。三年后，杨威毕业了，两人正式创业，在艺术街区租了一间旧厂房。

他们决心重拾传统照相馆的庄重感与仪式感，便搬来很多旧物件，两架大画幅相机处于正中间，里面有木质舞台上的老式留声机、铁皮玩具车，有大块头收音机、老式电话，还有座钟和鸡毛掸子……走进这家“白夜照相馆”，就像走进了民国照相馆。

杨威将信息发布在微博、博客和网站后，习惯了五彩缤纷现实的人们，一下子对这里奇妙的黑白世界发生了兴趣。

2015年6月，一位五十多岁的阿姨找到杨威，“能不能给我母亲拍张合影？”“当然可以，让你母亲来吧。”对方赶紧说：“不是让她来，是让你们去，去北海公园……”

原来，阿姨的母亲已经83岁了，20世纪60年代在遂安伯小学担任班主任。她退休后，常有当年的学生来探望恩师。那天，又有几名学生结伴而来，聊天中，在相册里翻到一张1961年的小学毕业照。大家惊呼起来，将旧照片你传我，我传你，寻找着54年前的自己，说着当年的趣事，叹息着远逝的光阴。不知谁提议道：“咱班同学大部分都还联系着，不如再去拍一张毕业照。”

大伙儿兴奋极了，纷纷出主意安排具体事项。最终，这事交给了老师的女儿来办。

8月1日，老师和同学们再次相聚北海公园，戴上红领巾，手举少先队队旗，模仿当初的老照片合影。杨威和王旭为照片做了精细加工，山还是那座山，水还是那片水，白塔仍是那座白塔，当年淘气少年虽已年过花甲，青春焕发的教师也已耄耋之年，但师生情真挚如初。

“白夜照相馆”提供的服装、饰品，有些是民国时代的旧物，有些是订制复刻的。虽有近百年时光，但这些传统服饰的独特花色、精细剪裁仍令人惊艳，带领顾客回到那个无须修饰、简单纯美的时代。

胶片拍摄的价格是数码的十倍多，且老式相机照片冲洗工艺非常讲究。杨威和王旭用银盐、蓝晒、铂金让照片的色调更柔和细腻，每天保持着很缓慢的拍摄节奏。

影星刘烨一家四口曾来拍全家福，微博名人马伯庸也来这里留影。为了推广复古胶片摄影，照相馆每个月都有免费开放活动，还为希望小学拍摄公益合照。

这样一家照相馆，让人们重回旧时光，重寻罅隙里细碎的美好。确切地说，杨威和王旭用心做事的态度、用情怀拍照的诚挚，才是打动人心的所在。

微信里折腾出千万财富

山东小伙曹继鹏是一名80后。当众多年轻人拿着手机、指尖滑着屏幕，一页页地刷着微信的时候，他却从中看到了潜在的商机，顺势而为，在微信平台上大做文章，竟然折腾出了千万财富。

出生在农村的曹继鹏，从小就爱“折腾”，爸爸给他买的电动玩具，没玩多久就一一拆开，弄得面目全非。读初中时沉迷于上网、玩手机；高中时背着爸妈开起了网店，专做数码配件批发，没想到毕业时就挣了8万元！爸妈愕然，老师惊讶，高中就开始了创业，这孩子的财商真了不得！

高考后，他读了济南职业学院。走进大学，没有了考学压力的曹继鹏坚信，不折腾的人生太平淡。大一时就在学院举行的校园创业大赛中获得了第一名的成绩，凭着这次大奖，加上他多方奔走，很快拿到一笔投资，创建了APP“校内校外”。这是一个汇聚B2C优惠信息、学生即时通讯和官方消息通告的大学生互动平台。可惜市场定位不准、推广力度不够，最终败给了校内网。

那天晚上，他和几位朋友到一家餐厅就餐。在经过苏宁大卖场时，看到门口正在搞一场大型演出，现场的观众可以抽奖，消费者凭借奖券到店内领取奖品，引得众多顾客进店选购。吃饭时，大家又回到了这个话题上，曹继鹏说道："这样的活动究竟带来多少购买力，真的是未知数。如果把这些营销的费用用到微信上，后台的数据就能看得一清二楚！"一块儿创业的李铭随即说道："当初'校内校外'生意好的时候，咱们学校周围的那些小店不是经常让帮忙运营微信平台吗？这些小微企业几乎没有专业的媒介给他们做宣传，咱们何不在微信上花点心思呢？"曹继鹏心想："确实有道理，麻雀虽小，五脏俱全，每一个卑微的生命种子都值得培养，再小的个体也有独立的品牌，他们的宣传渠道太少了。利用微信就不同了，因为微信号不同于美团，美团是借助别人的平台。微信只需扫一下就可以点菜或支付，一旦成为粉丝，还可以后续互动，再次转化。"曹继鹏越想越觉得用微信做营销这条路大有可为。

2013 年年底，曹继鹏找到 7 个弟兄，创立了"泰鹏微信通"，开始第三次创业。没承想，第一笔生意仅仅用了几分钟就谈成了。让曹继鹏更有信心的是，有很多小商户即使用了那些"高大上"的微信窗口，却不懂得如何运营和推广，往往卖出初始页面后就没有了下文。"泰鹏微信通"要做，就必须在这个方面做好。于是，他打出了"唯一一家售后服务全包服务商"的口号，基础开发往往只需要 3 到 5 千元，但后期营销策划的服务却可以卖到上万元。

2014 年，随着"泰鹏微信通"的发展，曹继鹏觉得学校免费提供的场地太局限，资金也困难。但作为一个尚在读书的学生，要想获得投资人的信任谈何容易？短短两个月的时间，曹继鹏就瘦下去 10 公斤。这时候，老师帮他出主意道："以赛融资是个好办法，我觉得你还是参加创业大赛，目前就有一个赛事活动，你要抓住这个机会……”曹继鹏听从老师的教诲，精心准备的项目获得了山东省互联网创业大赛的银奖，他也终于获得了关注，融资问题迎刃而解。

微信几亿级的客户量有着巨大的挖掘潜力，曹继鹏从微餐饮、微婚庆到微医疗，他的微信营销越折腾越大。2015 年 1 月，曹继鹏投资 500 万元收购了毛奇科技公司。如今他已在威海、青岛、菏泽等地打造近百家代理商，连山东广播电视台都已拿下，还为浪潮集团做起了关于税务内容的内部程序设计。成了山东最大、全国领先的微信开发服务商，年营收额达六千多万元。

当有人打趣地说他小微信里折腾出大财富时，他总是呵呵一笑道：“折腾，是对梦想的尊重。我们每个人都要在工作中力求折腾，燃烧自己的热情去挑战，在折腾中进步，在进步中实现梦想。不去折腾，就会有负生命给你的上场机会哦！”

从后视镜里展望梦想

孔龙震出生于河南太康县一个农民家庭，自小贪玩成性，到了入学期，爸妈连哄带劝也不起作用。他自己不去读书，还游说小伙伴们都别去，最后被在学校教学的二爷摁在自行车后座上强行送到了学校。

当他拿到老师发的新课本后却表现出了极大的兴趣，整堂埋头于课本，可老师讲课内容一点也没记住。原来，他被课本上漂亮的插图吸引住了，老师讲啥记不住，就光看插图，然后在书上涂涂画画。每学期发的新书，不到半学期就被他涂得破破烂烂的。小学5年他读了7年，读初一时学习还是跟不上，天天涂涂画画，15岁的他干脆辍学去了北京打工。

在北京钻工队修路，年龄太小吃不消；回老家棉麻厂上班，每月只有300元工资还不管吃住。有一天，一个同学对他说道："听说在厦门开出租车，一天就能挣100块，来钱很快啊！"孔龙震动了心，去厦门后才知道并不是那回事，于是再次折回老家买了卡车跑运输，不仅没有赚到钱，还赔个精光，只好去给别人打工开车。

那次，他从郑州往厦门送水果，当走到福建龙岩通过一段下坡山路时，刹车突然失灵。当时他心里“咯噔”一下，感觉彻底绝望，因为弟弟也在车上。万幸的是，车子最终陷进了应急车道上的石子堆里，兄弟俩有惊无险。这次车祸让他开始认真思考一个问题：“自己从15岁出来闯世界，为了生存，从北京到老家，从老家到厦门，而今从厦门再次回到老家，活着到底想干啥？生命的价值是什么？”这时，他想起了自己的爱好，几经思考，孔龙震最终认识到，人不但要生存，还要带着梦想而活。

在以后的驾车生涯里，不论是到了郑州还是厦门，一有空就到书店看画册，慢慢地，他开始了创作。他开的集装箱大卡车，装卸货一次都需要好几个小时，孔龙震就利用等候的时间，将自己路上看到、想到或记忆里浮现出来的场景画成小稿或水墨画，小稿画好，下班回家再画成大幅油画。

从湖南、辽宁到河北、山西和陕西，他驾驶着重型卡车缓慢地在路上行驶，压抑的空间和无趣的旅程，让他对驾驶室外的画面分外敏感，感觉强烈时他就会在停车后快速打个草稿，如果时间更紧，就先用文字记录下那画面，有时间再画出来，就这样一路行驶一路画，漫长而无趣的驾驶室时间让他灵感不断涌现。

他的作品越来越多，画技越来越高，《集装箱上的八哥》《深格岭上》等水墨作品笔触大胆、灵动，很有“在路上”的现场感，而《路上的悲剧》系列作品，则画出了车祸给他带来的触动。2012年，在好友帮助下，他在厦门大学的沙滩上，办了“卡车司机距离艺术多少公里”第一个个人户外画展。当年夏季就登陆央视公益广告，逐渐为人熟知，被称为有梦想的“卡车哥”。

2013年6月，孔龙震登上了腾讯网“中国人的一天”板块封面。2013

年7月，中央电视台在厦门为孔龙震拍摄了公益纪录片。2013年8月，凤凰卫视在厦门为孔龙震拍摄纪录片《与梦想同行》。2014年4月，厦门电视台《十分关注》栏目为孔龙震拍摄了纪录片，被中央电视台确定为“十个有梦想的中国人”之一。2014年5月，签约为职业艺术家。

2015年4月6日，孔龙震在郑州举办了一个名为“后视镜”、为期一个月的画展，将自己从后视镜里看到的风景和不被人们关注的过往世界展示在了每一位观众面前。

从卡车司机到签约画家，孔龙震的逆袭让众多人羡慕，但他说道：“世界很大，五彩缤纷。一个人，要有发现美好的慧眼、追求梦想的心灵，因为没有审美的生命是可怕的，没有梦想的人生是无意义的。”他的一番话让人们听后，除了羡慕更多的是敬佩。

90后买爱买CEO罗章鑫：给你最贴心的爱

他是一名90后大男孩，站在面前，给人第一感觉就是一标准暖男：目光清澈、面容清秀，脸上流淌着尚未褪去的青涩气息。对他熟悉的人都知道，这是一名创业达人，仅创业方向，一听就是暖心的：做卫生巾产品。一片小小的卫生巾，他做得风生水起，还被邀到奥体中心，参加了爱国者诚信联盟的黄埔会议，并坐在了会员的位置上与爱国者集团董事长冯军面对面交流。他就是买爱买CEO罗章鑫。

一

罗章鑫出生于四川泸州叙永县农村，姐弟二人，爸妈土里刨食，养育着一双儿女。作为农民的爸妈给了他健康的体魄，个子不算太高，却从小喜欢各种体育运动，尤其爱打篮球，初中时还参加了学校的田径队。学习成绩倒是很一般，中考的时候，凭着体育特长生的资格才进了县重点高中——叙永一中。

当时，他的目标就是日后能在体育上有所发展，所以高中时学习长跑、足球和武术等项目，进行各种训练，参加各种比赛。高考前长跑时拉伤了脚腱,高考成绩揭晓后,文化分过了一本线,可体育离一本线仅仅0.2分之差,罗章鑫内心充满痛苦和遗憾。无奈,只好报了北京一所民办高校——北京黄埔大学,他选择的却是工商企业管理专业。

罗章鑫怎么突然观念上发生了逆转,兴趣上发生了变化?原来,他已经认识到,个人在体育上发展,不仅需要先天的运动天赋,更需要持久的耐力,对自己来说,当初的梦想似乎没有考虑自身实际,体育只能作为生活的调剂品,将其作为一种爱好即可。而真正让他改变的则是暑假里看到的一些事情:电视上对福建恒安老总——许连捷的新闻报道引起了他高度关注;微博里介绍冯军创建爱国者集团的新闻让他热血澎湃。他心想:“冯军放弃人人羡慕的铁饭碗、白手起家,需要多大的勇气和恒力啊!这才是真正的干大事。”

2009年秋季,刚进大学校园,他就做好规划,学好专业课,课余做兼职。其实,对于一个大一新生来说,谈创业确实有点遥远。可那个名叫梦想的东西在心里蠢蠢欲动,要从实践中锻炼自己!罗章鑫暗下决心。于是他学习之余找了一份兼职,在海信集团北京分公司做了一名促销员。从掌握产品的性能到与厂家、商家和顾客之间的沟通技巧,很快就上路了。一段时间后,又产生了新的想法:“促销,促销,采取什么样的方式能促进大的销量?互联网!现在网上购物、就诊、授课……太多了!网络无处不在,以后即使创业也离不开互联网,我要尝试下。”

转眼到了大四,很多同学为找工作各显神通,罗章鑫坚持选择去互联网公司,经过几次面试后,他进了赶集网的招聘直销部实习,凭着对互联网的高度热情和大学几年的促销实践,三个月后销售成绩优秀无试用直接转正,转正3个月后成了招聘直销的销售冠军,他的业绩上升速度让一同被招聘去的同学羡慕不已,就连那些老员工也直呼神奇。

大家都一致认为，初出茅庐的他马上就会升任直销部经理一职，哪知他最终却选择离开。原来，他一直没有忘记自己改变志愿的初衷——做一名创客，实现自己的创业梦。

二

做创客，要选择好定位，做什么产品，前景状况如何。在罗章鑫为创业方向徘徊不定的时候，上学期间的一件事情勾起他的回忆，让他对创业有了一个清晰的思路。读初三时的一个大课间，同学们都到外边活动去了，只有他和一名叫作张红的女生待在教室里。为了看一部小说，他向老师撒了谎，说自己头痛，而张红则因为肚子疼请了假。就在他看得津津有味的时候，张红突然小声问他："你能帮我个忙吗？"

"可以，让干啥？"罗章鑫感觉莫名其妙。

"到门口校园超市给我买包卫生巾，好吗？"张红有点羞涩地问他，眼里满是渴望的目光。

"男生买卫生巾！这也太搞笑了吧？"罗章鑫听后大吃一惊！可张红说自己现在不能动弹，快坚持不住了，如此难以启齿的要求从一位女孩子口中提出，说明情况很紧急，身边没有一个女生，罗章鑫是张红唯一可寻求帮助的人。来不及多思考，罗章鑫向门口小超市跑去……

同样的经历，在赶集实习的时候再次遇到。那天，他准备上街玩儿，一名经常在一块儿打趣的女同事刘丽喊道："回来的时候，顺便给我捎包'怡丽'，可不要忘了……"罗章鑫不得不为她购买卫生巾，并开始慢慢关注这一女士专用产品。他知道了卫生巾的很多品牌，不管是日本的"乐而雅"还是台湾的"怡丽"和"苏菲410"，众多品牌的性能和构成，他越来越关注，越来越熟悉。

对女性而言，卫生巾是比较重要的贴身产品，对社会上曝光的问题卫生巾，他显得尤其敏感，有的使用荧光剂、黑心棉，有的表层不舒适、侧漏、反渗、不透气，对这些常见问题，他了如指掌。如今自己要创业，就要消除这些产品缺陷。“要做就做最好，将国产卫生巾做大做强”，罗章鑫心中暗自发誓。

当爸妈得知儿子要创业办公司的时候，非常支持他，可内心仍不无担心和顾虑。罗章鑫告诉爸妈道：“我不要家里一分钱，我要独立创业，请你们放心！”看着儿子信心满满的样子，爸妈笑了，他们真心祝愿儿子一路好运。

三

罗章鑫找到主攻产品后，马上辞掉了赶集网的工作，用两个月的时间挎着背包四处走访，北上天津、廊坊，南下广州、泉州，几十座城市都留下了他的足迹。每到一个地方，他都认真了解各厂家的生产线和产品，先后考察了一百多个工厂，买了好几百个品牌进行试验，他小小办公室成了“卫生巾博物馆”。很多次去超市购买卫生巾时，都被老板用异样的目光看着，他不以为然，在长期的考察奔波中已经习惯了这样的眼神。这些都不算什么，因为自己要找到全国最优秀的供应商进行合作，生产并运营最优质的产品。

2014年9月，罗章鑫利用自己在赶集挣的几万元钱，加上从朋友处借来的一部分，在北京注册了一家公司——逸迈科技有限公司（买爱买）。成立之初，有人曾担心地问他：“那么多大牌卫生巾，你能竞争过吗？”听后他胸有成竹地笑着说道：“事在人为，我相信自己选准的事业，我要打造一个谈巾不脸红的时代！”

为了挖掘到与皮肤接触较舒适、符合东方女性的产品，罗章鑫带队多次去厂家的厂房、生产线考察，一切按照国家标准建设、运营。还通过试验和女员工、朋友亲身体验等方式对国产卫生巾进行比较和筛选，最终选出最好的生产线及适合大部分女性的产品，然后主推这些品牌。

为了推广优质的卫生巾，罗章鑫成立了自己的暖男团队，统一的90后青年。采取一次订购、分月配送。男生可以一次性订购一年的卫生巾送给心仪的女生，他们会在女性经期前几天送到。同时也会有一些贴心的元素，男性想表达的文字、有纪念意义的照片等物品，可以采用附带礼品的形式与卫生巾一起送出。在每月女性最痛苦的时候，为她们送去呵护。

为了让产品更加贴心，罗章鑫还设计了一个APP，只要用户扫描产品包装上的二维码，系统就能记录她使用这片卫生巾的时间，每两小时手机提醒她更换一次。

2014年11月，他和央视网商城合作，利用这个平台让更多的消费者认识了“买爱买”。2015年1月7日，罗章鑫的公司入驻爱国者诚信联盟的国货精品馆，首批上线优云、自由点、爱护你、午后4个国产品牌。入驻爱国者诚信联盟，表明产品是可靠的，这是对产品的褒奖。入驻不久，罗章鑫就在爱国者诚信联盟的O2O平台开展了一系列促销活动。他的产品一下子击中了众多小女生的心，得到了众多消费者的青睐。

对于未来，罗章鑫信心满满。他说：“很多时候，我们脚下走的路和当初预想的路况是不一样的，要学会适时改变，选择更加适合自己的发展之路才是最重要的。”

温泉里开出的莲花

20岁那年她考上大学，贫困的家境让她放弃了学业。在老乡介绍下，她进了重庆一家温泉宾馆打工。

重庆的温泉跟火锅一样有名，从大山底流出的天然温泉水，直接用水管放到每一个澡池里，洗一次天然温泉要花费上百元。尽管价格贵，但来的人络绎不绝。

在众多客人中，她认识了一位化工厂的工程师。工程师患有多年的皮肤瘙痒症，半年下来，温泉让他的皮肤病得到了治疗，精神也好了很多。洗天然温泉价格贵，而且路途遥远。每一次洗过温泉后，工程师都免不了感叹："要是这温泉水能在城里，天天让我洗就好了。"

言者无意，听者有心。她想："如果这种'温泉水'能人工造出来该多好，要多少有多少，有钱人能享受，普通老百姓也能洗。""真有这种人工温泉水，市场肯定很大！"

当她把这个想法告诉同事后，她们都用异样的眼光看着她说："如果有这种可能，能轮到你吗？别异想天开了，好好干你的活吧！"她心里不服气，心想："任何事情都是先有想法的，不试试怎么才知道不行呢？"

固执的她并没有因为同事的嘲笑而放弃，她暗下决心一定要造出温泉水。要造人工温泉水，首先得先搞清温泉水的成分。于是，她利用一个休息日，取了一瓶温泉水到城里去找技术部门化验。拿到化验结果后，她一片茫然。由于她的化工知识有限，化验单上的内容一点也搞不清。这才明白，要人工造出温泉水，真的不是件容易的事。

由于长时间出差，很久没有来洗天然温泉的工程师又来了，于是她将"人造温泉"的事告诉了他。工程师听了很吃惊地对她说："这个主意太好了，我搞日用化工研究几十年，都没有想到这个点子，却被你想到了！我很乐意帮助你实现这个梦想！"

具有专业知识的工程师在弄清了温泉水的成分后，并指导着她很快研制出了一种人工温泉浴片。通过皮肤刺激测试，确认为无毒、无害、无刺激性，经多人试用，效果良好。梦想终于变成了现实，她为温泉浴片取了一个好听的名字"香池莲"。

然而要让"温泉浴片"真正进入市场同样很难。首先，投入资金建厂成了摆在她面前的第一个难题。她不顾家人的反对，果断辞了职，拿出省吃俭用积蓄的两万多元钱，在工程师的指导下，开始建厂生产"香池莲温泉浴片"。

重庆大大小小的浴室、洗脚城有两千多家，她一一上门推销，很多老板感觉很新鲜，但都不大相信，只同意先试试；而更多的人以为她是一个骗子，没等她把话说完，就把她轰走了。

她并没有因此而气馁。她知道，只要客人对产品满意，浴室就一定会接受自己的产品。一年多的时间里，她跑遍了重庆大大小小的浴室、洗脚城。她利用自己多年在温泉浴室工作的经验，每到一家，就给老板及顾客详细讲解温泉浴的好处，让客人先感受。

这一招还真的有效，试用后反映普遍良好。对于客人来说，在城里普通的浴室就可以泡温泉，价格却只是郊区天然温泉的1/20，既可保健又能享受，何乐而不为。对老板来说，不仅增加了服务项目，也可增加收入。此后，她又将销售面扩大到了宾馆、酒店、超市、药店。通过几个月的努力，她的“温泉浴片”有了稳定的销路。

她成立了自己的公司，经过一年的努力，重庆市已有近三百多家洗浴中心、洗脚城、宾馆、超市等长期销售她的产品。销售业绩成几何增长。每年有数百万元的利润，如今，她在全国发展了三十多家代理商、五十多家经销商。连一些海外的客户也来函来电洽谈业务。

她就是刘英，重庆香池莲科技开发有限公司总经理，目前个人资产过千万。

从一个一文不名的打工妹到一个身价千万的企业家，她用了四年时间。看着她灿若莲花的笑脸，朋友们都说她“运气好”，她却说：“因为我有一双追梦的翅膀，面对实验中的无数次挫折、推销中数不尽的白眼，即使是上过许多当、走过种种弯路，我仍然没有放弃，才换来了今天的财富！”

世界玩具创始人克里斯第森：我的奋斗人生

他出生在丹麦彪隆镇一个名叫比隆德的小村庄，20世纪30年代初，已经41岁的他遇到了人生中最大的坎儿。

他是一个木匠，凭着出色精湛的木工技艺开了一家木制加工厂，生意还算不错。但是1932年的经济大萧条冲击到了这个小镇，所有的手工艺人都接不到订单，他也辞掉了最后的一名工人。紧接着，妻子一场大病后离开人世，留下他和四个孩子在偌大的木制厂里相依为命，最小的孩子6岁，最大的孩子15岁。面对厄运，他犹豫不决：如果不能重新再来，那就找一份工作来做。

一个偶然的机会，遇到了在工业协会上班的好友杜楠特，杜楠特告诉他道："你的手艺那么好，一定不要放弃这个老本行，可以制作那些花钱不多，家庭必备的木制家用小产品啊！"他听后觉得还不错。回到家里，几个孩子正在拿着玩具做游戏，他突然意识到自己的主攻产品应该是玩具，他心想："玩儿是孩子的天性，玩具始终是孩子们最重要的伙伴，无论何时，孩子都不能没有玩具。”家人和朋友听后都反对，他们都嫌儿童玩具不赚钱，这样做只会重蹈破产的覆辙。他坚持己见，开始将自己精细的木制手艺和艺术感全部应用在木制玩具上来。

重新开张的木制厂成了真正的“玩具王国”，由于质优价廉，深受孩子们的喜爱，销量比以前做木制家具还大。1940 年 4 月 9 日，丹麦被德军占领，政府禁止进口外国玩具，而且还禁止在玩具中使用金属和橡胶，这无疑给他的工厂带来了好的发展机会。他的木制玩具销量两年间就翻了一倍。

然而厄运再次降临，1942 年一个风高月黑的夜晚，不知是谁把火源带进了工厂，燃尽了所有的产品和设备，工厂一夜之间几乎化为灰烬。他站在工厂的废墟上整整一天，欲哭无泪，他想放弃自己所追求的事业，带上几个孩子远走他乡。就在他收拾行李准备离开的时候，一名雇员走了进来，雇员对他说道：“你可以一走了之，但你这样的做法给我们留下的只有一个印象，那就是在困难面前的怯懦和对员工的不负责！你以前所有的努力都是白费！”他走到门口一看，留下来的十几名工人站成一片望着他，眼里满是期待和鼓励，他决定重整旗鼓。

在家人和雇员的帮助下，他的工厂奇迹般地在废墟上重建了起来。生产的“悠悠”玩具曾经红极一时，没过多久，“悠悠”风潮戛然而止，望着仓库里堆积如山的“悠悠”，他懊丧地拿过一个一劈两半，忽然发现当作玩具卡车的轮子再合适不过了，心想：“与其重新建造木制玩具生产线，还不如放弃它们专门生产积木。”随后工厂增加了一些现代化的大型生产设备，并开始尝试用塑料砖块进行拼砌的玩具，虽然规模有限，雇员不多，但是极富凝聚力和团队精神。每天早晨开始工作之前，他和所有的雇员都要聚集在一起，先开一个简短的祈祷会，这个习俗一直沿袭了几十年。

有一次，他的大儿子在给一个鸭子玩具喷漆时节省了一道工序，儿子高兴地告诉他为公司节省了开支。他生气地说："你为什么这么做？"儿子解释道："我只不过给鸭子涂了两次漆，而不是常规的三次。"他立即命令道："马上去取回那些鸭子，涂上最后一遍漆，然后再重新包装好给客户送过去。所有的这些工作都必须由你自己完成，即使是通宵也要完成。"儿子听后只得乖乖地照做去了。由于他强抓管理、注重质量和诚信，销量和利润在玩具市场一直处于攀升状态，从小工厂到大公司，规模越来越大。

这家公司就是世界上有名的乐高玩具公司，他就是公司创始人克里斯第森。

从木制厂到大公司，从小木匠到"玩具国王"，今天的乐高在世界范围内拥有两百万会员，被美国《财富》杂志誉为"世纪玩具"。面对厄运的频繁降临，克里斯第森也曾彷徨过，但他最终选择了直面和承担。电影《肖申克的救赎》中有一段对白："每个人都是自己的上苍。如果你自己都放弃自己了，还有谁会救你？强者自救，圣者渡人。"对克里斯第森是这样，对每个人亦然。

没有方向，任何风都会成为逆风

北漂时，他只有16岁，找了一份汽车修理的工作。由于他爱琢磨、踏实肯干，深得老板喜爱。

2007年9月，神州租车成立，他就在这家公司，积累了丰富的汽车维修及租车运营方面的经验，职位和收入都有了很大跃升。

一年夏天，北京的雨水特别多。他开着自己的车子上班，看到行色匆匆地赶往地铁站和公交站的人们，心想："这么多私家车，那么多焦急等车的人，如果能把私家车主组织起来，空闲座位让给等车的人，岂不是一举多得的事情？"

多年的从业经验培养了他较强的商业嗅觉，他隐隐觉得这里面大有商机。

2014年年初，北京市政府颁布了《小客车合乘出行意见》。他觉得机会来了，远赴欧美一些国家考察后，开始筹划自己的事业。他认定自己创业的方向就是拼车市场，对象就是那些急于找车的人。

2014年6月，他组建团队，开发拼车软件，在网上创立了自己的拼车平台，并顺利得到了大额融资。

怎样才能让那些急于找车的人和私家车主联系在一块儿呢？他瞄准了大巴，通过大巴这个媒介来聚拢人气，积累更多的乘客，完成网络平台上客户资源和线路资源的积累。

他首选从国贸到燕郊这条北京最为繁忙的线路，因为每天都有数以十万计的乘客往返于两地。2014 年 10 月，一辆满身喷绘着漫画英雄的大巴车引起了乘客的关注，每天晚高峰时间，它会准时出现在大望路地铁站附近，免费送乘客回燕郊。

听说免费乘坐，有的人抢着上，有的人却不相信，哪有天上掉馅饼的美事啊！直到发现真的有人多次乘坐，观望中的乘客才放心地坐了上去。

这就是他公司推出的“Show 大巴”。

大巴车上有主持人，途中表演各种节目让乘客们一路欢笑，享受到了别样的乘车感觉。好玩的大巴让更多的人结缘了他们的网络拼车平台，也体验到了拼车的快乐。

这只是拼车模式的第一步。他需要乘客和车主在他们的网络平台上发布出行路线图和乘车时间等信息。这样，他们才能更好地了解用户的需求，进而拼车拼用户。

于是，他们很快入驻了小米、安卓、安智等各大主流 APP 平台，公众可以随时下载使用，然后在上面发布信息：什么时间，去哪里。通过平台获得此信息的不仅有乘客还有车主，他们会根据这些信息来调度出行时间和路线，完成一次成功的拼车。内测期间，他就募集到了数量可观的车辆资源。

2014 年 10 月 15 日，产品进入对外公测阶段，上线几天时间，安装用户即达数千人。公测开放后，后台数据迅速增长，注册人数、使用率和订单数量已经超过当初的预期。

很多人认为,以往出现过拼车软件,但拼车成功率很低,没有一件成功的案例。他们推出的网络拼车也许只是昙花一现,不会走远。还有人认为,拼车这种低碳环保的乘车方式既给等车人方便,又给车主减轻了负担,更让交通压力得到缓解,符合当前的社会发展趋势。前景虽乐观,但做起来却困难重重。

面对众人的议论,他信心满满地说:“机会总是留给有准备的人,我对这件事感兴趣,我就会把它做好。无论刮什么风,心中只要有方向就行。没有方向,任何风都会成为逆风。”

他就是“接我”公司CEO——刘辉。

·“澄书馆”里听85后讲评书

张添羽出生于1988年，土生土长的北京人。四五岁时迷上各个年代各个地区的《西游记》动画片、小人书、影视剧，后来疯狂地热爱上戏曲、杂技、木偶戏等各种传统文艺表演，七八岁起就经常混迹于四九城各种老园子，尤其钟爱评书。每当放学回家后，扔掉书包后的第一个动作就是开电视。电视上有评书，有相声，在张添羽看来，这比那些电视剧有意思多了。吃饭时，田连元的《杨家将》，单田芳的《隋唐演义》，袁阔成的《三国演义》……这些大师们的声音就是客厅里永远的背景音，跟家里的饭菜香一样，必不可缺。

18岁那年，他考上了北京电影学院导演专业，深入研究旧时影像。可是，社会在向前发展，人们的娱乐方式越来越多样化，评书联播在广播、电视上已难觅知音，纷纷取消了这档子节目，即使寻找现场评书也很难。大学毕业后的张添羽，开了一家文化公司，他一边忙自己的事业，一边还偷时间出来到处找馆子过过耳瘾。

2014年1月，在一次大型传统文化盛会上，他遇到了一位说书人——吴荻先生。吴荻是北师大附中的美术教师，从事评书艺术表演多年。与传统评书表演不同的是，他能将各种历史典籍、名人轶事、文化常识信手拈来。时下网络流行语经常穿插其评书中，贴合社会现实，通俗易懂，一下子拉近了与听众的距离。吴荻满身的文人气，丝毫没有传统艺人的那种江湖气，这让张添羽极度崇拜，最可爱的地方，吴荻还是个超级萌的段子手，搞起怪来简直就像开了满屏弹幕。张添羽心想："自己是开文化公司的，又这么喜爱评书，遇上这么好的先生，何不开一个评书会馆呢？"

张添羽找上门说明来意，吴荻一听，马上说道："这个主意好，要办的话，就不能还是老一套子，从内容到形式都必须赋予新口味……"两人一拍即合，都觉得"评书就是时尚和文艺"，要做就做到颠覆人们传统的欣赏口味。

接下来，张添羽又找到单弦演员刘禹和评弹演员唐柯、景晔静三人，听到张添羽的构想和描述，三人都感觉有了用武之地，遂决定合伙加入。

人员找到了，然后就是找场地。经过观察，张添羽看中了北京最文艺社区当代 MOMA 的二十层空中连廊，这里文艺青年扎堆，是开书馆的绝佳场地。张添羽选中后，给自己的书馆取名为"澄书馆"。

经过一段时间的筹备，2014 年 8 月，"澄书馆"正式开张。每张票价 60 元，每周日下午 2 点准时开讲。开张前，他在后山艺术空间举办了一个盛大的预热晚会，有京剧、昆曲和评书，没承想二三百人的场子竟然挤进了四百多人。演出时，张添羽的垫场很有趣，扮成僵尸的他和单弦演员刘禹一捧一逗，两人抖着包袱地唱着改装后的传统琴书小段，观众席间时不时地爆出笑声。而吴荻的《西游记》系列才是"主菜"，他的"西游"更适合 85 后。他一本正经地讲着，言语间还不时地夹杂着“么么哒”“酱紫”等网络语言、流行语汇，偶尔还会借古喻今地把当今社会现象塞进“西游”嘲讽一番。观众笑得前仰后合，掌声一阵高过一阵。

为了让“说书”这个事儿做得更有意思，张添羽想了很多办法。前面的位置摆放上一些蒲垫，前排的观众皆盘腿而坐，后面的则或坐或站，非常随意。渴了有茶水，饿了有点心和果品。为了台上台下的互动，甚至采取奇装异服者免票的优惠办法。吴荻在台上眉飞色舞地讲着评书，台下观众则配合所讲的内容摆着五花八门的造型：有年长的老者，有边看边热吻的热恋情侣，有武媚娘造型的“宫女”，有“民国范儿”长衫大褂，有“Cosplay（角色扮演）风”悟空八戒……

为扩大宣传，“澄书馆”成了荔枝FM首个签约的传统曲艺类网络电台，几乎每场演出的实况录音都会被上传到他们的官方电台，供观众免费收听。截至2015年年底，电台的收听量已超过120万次，许多外地甚至海外的书友会天天眼巴巴地等着更新，甚至有很多听众在后台或微博微信留言，不能白白地收听，主动要求付费。“澄书馆”的名气越来越大，在他的朋友圈里，张添羽成了一位民国范儿找乐人。

经过一年多的运作，张添羽用最有趣、最好玩、最文艺的方式，慢慢聚起来一拨认同中国本来的美学价值的人。他的“澄书馆”完全颠覆了人们传统意识里那种老古板、老掉牙的评书印象。这个全京城最“高大上”的书馆，成了一个欢乐的地方。很多人不敢相信，评书竟然还能这样听！经张添羽爆改后，听评书变成了北京城最时髦最好玩的事儿。

对于“澄书馆”的未来，张添羽信心满满。他说：“门票收入一点儿也不重要，我在乎的是，评书是老祖宗留下来的瑰宝，是非物质文化遗产。作为后人，我们有责任在创新的基础上将其继承发扬下去，不能任其湮灭在历史的长河里。”

小蝶：配音大咖炼成记

“山无棱、天地合，奴婢就是当年的夏雨荷！”容嬷嬷哭喊着向皇上表白的情景让人忍俊不禁。而甄嬛面对华妃的挑衅，只一句“我底子好，不P也比你好看，我比你瘦，腰比你细，腿比你长，皮肤比你白……”就把华妃气得直吐血。黄蓉蛮横地告诉郭靖“有房的地方就有江湖”，更是把声音搞笑到了极致，让众多网友看后大呼过瘾。当人们得知对这么多经典角色的声音进行重新演绎竟然出自一人之口的时候，都不禁惊呆了！她的视频也一下子红遍了网络，她就是85后女生小蝶。

小蝶原名刘英杰，今年29岁，老家在山东淄博。小时候，每当放学回家后，写完作业后就打开电视看自己喜欢的节目，陶醉其中的她不由自主地会随着剧情模仿主人公的语言和动作，从节目里找到了不少乐趣。

高中毕业后，刘英杰进了一家幼儿园上班，整天和天真无邪的孩子们在一块儿，单纯轻松的生活里充满了无限的童真和乐趣。她模仿的动画形象深得孩子们的喜爱，每年儿童节汇演，她组织孩子们表演的歌舞总能换来家长们的啧啧赞叹。那天，两位家长交谈时说道：“这位教师太有才了,学什么像什么,做配音演员最合适不过了……”家长们的谈话使刘英杰心里产生了一个想法:“我既然有嗓音上的先天优势,何不出去找一份配音的工作呢?”于是,她不顾爸妈的反对,毅然辞掉了幼儿园的工作,开始到外面的世界闯荡,她要寻找适合自己发展的平台。

2012年,她只身来到广州,寻找自己的配音梦。任何事情到了做的时候都不是自己想象的那般轻而易举,她参加了一些剧组的招聘,但是他们要求的条件都很苛刻,要有好的形象,取得配音相关的职业资格并持有执业证书。可她除了一副好嗓音,其他一无所有。

经过半个月的应聘,终于有一家剧组决定录用,但是她却适应不了影视配音的拘谨,始终无法打入主流的配音圈子,在外漂泊了三个月,最终只得打道回府。

刚回老家的那一段时间里,刘英杰心情沮丧到了极点,爸妈苦口婆心地劝她道:“不要再折腾了,咱们还是到幼儿园上班吧!女孩子做幼教最合适了。”她虽然喜欢和孩子们待在一块儿,但心中梦想的火花仍然在跳动。没事的时候她就开始在网上逛游,那天,无意间闯入了一个以翻拍、原创恶搞配音的贴吧。刘英杰一下子觉得找到了知音,心情无比激动,并很快联系上了吧主胥渡,申请加入其团队,在试听了她的配音后,胥渡对她的表现非常满意,她成了该吧的一名配音演员。

刘英杰在家里开始为胥渡吧网络搞笑视频做配音,给自己取了一个叫作“抚琴的小蝶”的网名。一台电脑外加一个二三十元的麦克风,成了小蝶所有的工具。刚开始,小蝶只能驾驭容嬷嬷等几个角色的配音,随着网络视频需要的元素越来越丰富,小蝶开始尝试模仿其他角色的配音。热爱是最大的动力,配音成了小蝶调剂生活的必需品。为了做好一个配音，她先看原剧，掌握说话的语气，对口型，然后看着视频，对着话筒做配音、播音。但这些并不是最难的，让小蝶感到最棘手的是把当下最热点的新闻话题进行重新创作，变成大家爱听的故事。小蝶除了配音外，还要关注社会上出现的热词和流行语，对经典视频重新演绎，让其变成接地气的可乐大餐。

贴吧要不断地更新，才有强大的人气，但更新就需要有源源不断的作品呈上。这就需要配音人员去不断地挖掘，不断地推陈出新，可铁打的胥渡吧，流水的配音员，参与胥渡吧配音的业余爱好者有近三十名，而固定留守的只有小蝶等十人左右，还包括创始人胥渡，小蝶成了胥渡吧的中坚力量。在这里，小蝶感觉找到了自己的用武之地，虽然每天辛苦忙碌，但内心却非常快乐。

由于小蝶的嗓音属于中音，女中音它可以又上又下，上可以模仿甄嬛等角色，下可以模仿小朋友那嫩嫩的声音，而老人的声音正好趋于两者之间，所以，小蝶的配音范围很广。对于声音特别有特点的角色，小蝶在细细揣摩后同样把握得很到位，比如林黛玉，本身腔调就丝丝细细、气若游丝的感觉，含半口、留半口、吐半口，结合社会热点重新配词后，经过小蝶的重新演绎，就给人一种穿越的感觉。《红楼梦》中所有女眷的声音她都能模仿，《西游记》中的各路妖精也不在话下。难度最大的容嬷嬷经过小蝶的配音后，看不出丝毫破绽，这个恶搞剧点击量短短一周内达到一千万多次，登上各大网站首页，被网友疯狂转载，胥渡原创恶搞配音也因此成名，被网友誉为“网络第一恶搞团队”。由于小蝶的努力，《还珠格格》《红楼梦》《甄嬛传》等经典热播剧角色以别样的方式复活，也让网友在熟悉的人物身上，看到了更新鲜更生动的外延。

仅仅一年的时间，小蝶不仅成了配音圈的红人，网络上也人气大增。她在淄博电视台还有了一档属于自己的节目《小蝶大咖秀》，有几家电视台争相提出购买这档节目。同时，许多电影、电视剧的制作方也向小蝶抛出了橄榄枝，邀请她为剧中角色配音。面对这些机会，小蝶全部拒绝了，她说："我一直渴望在舞台上展现自己，美美的那种，这个梦想一直都在，但从没想到以这种方式出现，去声嘶力竭、又哭又喊又笑，做出各种怪表情地展示自己。如今，我在网络上有固定的粉丝，他们已经习惯看到我以搞笑的方式出现，对我自身来说，我更享受自己编写台词，通过配音表达自己的看法，这也许就是我梦想绽放的地方吧！"

从一个普通幼教到网络配音大神的转变，小蝶的成长过程，告诉人们：或许先天的外表、特质或家庭等在成功的路上有先决的帮助，但更重要的还是内因，只有你的内心足够强大，本身具备成长的意识，才更有可能调动自身的正能量，让自己得到绽放。

·侯锋：让就餐不再等候

他自幼聪慧过人，被周围人誉为“神童”。7岁时迷上电脑，爸妈经营着一家餐厅，没时间管理孩子，觉得只要孩子有兴趣，就任由他玩。哪知玩电脑不仅没有影响儿子学业，反而玩出了名堂。12岁的时候，竟然开始学习软件开发，15岁就在《电脑报》上发表文章了！ 18岁到英国剑桥大学留学，20岁即获得白金汉大学一等荣誉学士。求学的道路上，可谓一路辉煌。

他就是侯锋。

2003年，侯锋从剑桥毕业进了威盛，后又转进诺基亚做技术高管，一做就是6年。6年里，侯锋积累了丰富的管理经验，有技术、能管理，高薪水、厚待遇，羡煞了周围很多人。2009年，他却做出一个决定：辞职创业。爸妈不理解，周边人更不理解，放着月薪上万的工作不干，要搞什么创业？爸妈从小对他是放养教育，尽管很不理解，但仍没有拂了儿子的意。

任何事情都不会一帆风顺，侯锋做的第一个在线教育项目因使用不频繁而搁浅，然后又改做施强医疗网，又因医疗监管问题被迫放弃。

他很郁闷，爸妈也曾劝他回归原来的生活轨迹，他摇摇头说道："我喜欢计算机和网络，选择在这条路上奔走，就不怕跌倒，怕的是跌倒后没有站起来的勇气……"侯锋挣扎在竞争激烈的商业漩涡中。

那天，他和几位朋友去一家餐厅吃饭。这家餐厅的特色菜很好，生意火爆，食客特多。从等位点菜、下单做饭、上菜开吃到结束用餐，侯锋算了一下时间，吃饭的时间共有57分钟，而真正的用餐时间只有30分钟，等位、点菜和上菜的时间几乎占去了一半，他觉得餐厅的效率太低了。

回去的路上他就开始琢磨："现代人生活节奏这么快，吃顿饭花这么长时间，有没有更好的办法让食客来了即吃，不再耗时、占位呢？那样餐厅的'翻台率'就会大幅提升……"在随后的日子里，他走进多家生意不错的餐厅观察，都是同样的境况。他觉得这里面有一个潜在的大市场存在，自己一定要抓住！一个创业计划的轮廓在他头脑里愈来愈清晰。

互联网＋时代，软件开发与市场对接很关键，对侯锋而言，这一切都不在话下。很快他就研制出来一套餐厅"收银+点菜"的系统，其实就是一个iPad的电子触屏点菜单。可使用这种新的收银系统，需要花很多精力来培训员工，很多餐厅老板不愿干。接着他又给餐厅提供了排队叫号系统。但发现，很多排队机每天只应用几个小时，而且，排队机前的服务员并不能省，对效率的提升非常有限。怎么办？侯锋心想："现在使用微信的群体这么大，何不从这里找突破口？"很快，他又设计出一种应用软件，让门口排队的顾客提前点菜，点完生成二维码，在前台的"硬件"上扫一扫就可以直接打印菜单。可这小小的"硬件"虽然成本低，却很容易坏，需要频繁维护，最终也只得放弃。

一次次尝试，一次次出错，都没有动摇他走下去的决心。在不断试错的过程中，侯锋对如何把互联网整合进餐厅，来提升餐厅的效率有了更深刻的认识。他决定砍掉所有硬件去快速规模化，利用互联网优势，结合大众使用的手机来打通餐厅和消费端，提升餐厅的“翻台率”，完成升级消费体验。

一个很偶然的机会，他认识了滴滴打车的投资人王刚，两人在一家茶社聊了很久，取得了共识——提高餐厅的“翻台率”是提升餐厅效率的真正突破口，那些靠资本和营销撑起来的销售渠道，并不具备竞争优势。一直单打独斗的侯锋最终得到了王刚数百万的投资。经过多次试错的洗礼，他的新项目发展走上了快车道。

2013 年 9 月，他研发出来一款集排队叫号、点菜、支付、分享于一体的手机应用软件，并正式上线，起名就叫“悠先点菜”。用户通过“悠先”手机客户端可以查看到当地优质品牌餐饮门店及图文菜单，并可预先点菜、支付，避免餐前点菜、餐后结账时等候的麻烦。用户无论在哪，提前用“悠先点菜”点好菜后，什么都不用管，按时到餐厅就餐就行。餐厅也省去了点单、收款的服务，有了安排桌位的空间，甚至提前规划菜品的供应。当用户消费之后，客户数据会留在悠先点菜平台的交易闭环里。随着老客户关系的建立，餐厅就能很方便地认识它的用户是谁、多久来一次、大概点什么菜、吃多少钱，利用这些信息对用户做促销。

如今，悠先点菜已经覆盖杭州和上海 3000 家餐厅，注册用户过百万，日均订单量由原来的 200 单发展到现在的 1 万单，以 50 倍的速度在增长，月交易额近千万，为众多合作的餐厅提升了 10% ~ 20%的翻台率。

回首6年来的创业路，侯锋说："每个人心中都有一个梦，自己不去实现，没人替你绽放，久了心中就没了寄托。对于未来，我的梦想是让用户去餐厅就餐像使用打车软件一样，掏出手机点单，就可以直接到餐厅用餐。"

放飞梦想的桅杆

黄浩量是厦门松柏中学高一学生，自小就对电影情有独钟，每次看完电影后，都能将其中的剧情细节讲给爸妈听，电影带来乐趣的同时也给了他无限的文学滋养，小学时写的作文就获得过全国性大奖，上初中后，竟然自己动笔写起了小说。

2014年寒假，他萌生了拍微电影的想法，爸妈得知后立即呵斥他道："微电影只能在自掏腰包中打转转，况且马上该中考了，怎能有闲心做这些，学习备考才是最紧要的事！"他再三向爸妈保证，绝不会利用上课的时间，绝不影响学习。经不过他的"软磨硬泡"，爸妈终于给他买了单反相机、长焦镜头、遮光板等，然后他找来约好的同学做演员，用自己的压岁钱买来服装等其他道具，仅用三天的时间就拍摄完成了他的首部微电影《爱在鹭岛》。哪知道该作品竟然获得了厦门市中学生电脑制作活动一等奖，厦门市微拍大赛二等奖，并在台海网络电视台进行了展播，这让他高兴得手舞足蹈，对微电影的热爱也日甚一日。

中招考试过后，黄浩量整天都浸泡在电影里，几乎每天看十几部，挑选的风格，大多是青春题材、文艺片以及获奖电影。可是中考成绩一揭晓，他的考试分数却远远没有达到自己的理想。爸妈看着情绪低迷的儿子，心想："既然他对电影如此痴迷，就随他吧！"于是，趁着暑假把他送到杭州的艺校进修了一个半月的编导专业。在那里，他认识了来自杭州的高三毕业生项逸妮和潘思越，项逸妮在高二暑假时就曾有拍微电影的想法，但因多种原因没有做成。那天，黄浩量和项逸妮、潘思越三人在一块儿吃饭，他说道："我在初二时曾写过一篇小说，自我感觉很好，我想把它编写成剧本，然后拍成微电影。"项逸妮和潘思越一听马上赞成，三人一拍即合，决定将这部小说编成剧本，合拍一部较为大型的青春题材微电影。

要拍好一部微电影，首先就要将剧本写好。为此黄浩量没少耗费时间看电影，甚至连吃晚饭的空隙他也会看上一部剧集，从影视剧中汲取"养分"，寻找创作灵感。编写剧本时，他大多用手机的写字板来创作，有时在纸上写。经过几番易稿，人物形象逐渐丰满，故事情节的冲突感也越来越强，名字就定为《迷雾青境》。

再好的剧本也需要演员的鼎力配合和投入演出，没有演员，他就在网上招募。不少人看到消息后赶过来报名，可一听说唯一的报酬只是请演员吃一顿饭，立马闪了人。最终只有七名女生，两名男生加盟剧组，这些人中，有的还正参加着暑假补习班，而几个扮演成年人的演员又要工作，整个拍摄过程，演员的时间调度成了一大难题。黄浩量就利用下午五点以后下班和放学的时间，当时节目里需要两位演员来客串，可怎么也找不到合适的，于是黄浩量就将姨妈和班主任邀了过来，在电影里客串了老师和家长的角色。

没有资金包场拍摄也没有难住黄浩量，他就地取材，需要拍摄游泳场地时，他就进免费的游泳馆；需要餐馆场景时，他躲开饭时，选非就餐时间拍摄，他还从网上淘来了人造血浆、假点滴设备、纹身贴等道具。由于拍摄器材简单，只有单反相机和补光灯，大部分时间他都是手持拍摄，那天，他和他的“团队”为了一个镜头竟然拍了39次，从早晨八点一直坚持到将近凌晨一点，渴了喝矿泉水，饿了吃碗泡面。

经过近21天的劳苦奔波，终于成功地完成了拍摄，黄浩量也顺利地走进了高中的大门。由于这部电影充满韩国风，而剧中不少角色形象，也会让人联想到许多热门的影视剧角色，一经播出，就得到了众多年轻网友的好评，2014年12月，《迷雾青境》作为屈指可数的未成年参赛作品，参与角逐了中国金鸡百花电影节学院奖短片大赛。

如今身处高中校园的黄浩量对未来充满信心，《迷雾青境》获奖与否无所谓，重要的是给了自己青春记忆里以重要的一抹。梦想的桅杆已经放飞，自己目前做的就是努力学习、夯实基础，朝着梦想的方向飞去。

第二辑

每次失败都会距离成功更近一步

成功路上，免不了荆棘，当你举步维艰的时候，不要放弃，慢慢来，因为你还在前进，所以你又靠近了成功一步。越是荆棘丛生的路，坚持到最后得来的成功越是可贵。

一名男孩的“最强解说”

12岁的山本健太郎是日本神奈川县川崎市一名男孩，长得敦实可爱，机灵里透着点倔性。读五年级时，班上流行一种“弹橡皮”的游戏，谁的橡皮能将对方的弹飞，谁就赢。健太郎和班上同学比试了几次都失败了，他暗地里琢磨后发现，大家的橡皮都差不多，如想获胜，就必须找大块儿橡皮才可。

于是，他一家家文具店挨着搜罗，反复比较、挑来挑去，终于找到了中意的橡皮。虽然大块儿橡皮攻击力强，可玩过后，在写字用橡皮的时候，如果用力稍微过大就会断裂。要想继续玩这个游戏，还需要买新的橡皮。

于是，他找到那家文具店老板说：“你们卖的橡皮有毛病……”老板一听笑了，橡皮要是出毛病，那其他文具不更有毛病了？

“你可以试试啊！真的！我仔细观察了，不过，橡皮中间的包装纸边角上如果设计一道切痕，就可以完全改变……”健太郎一本正经地说。

文具店老板不想再听他解释了，极其不耐烦地说：“你这孩子太较真，买就买，不买拉倒，你这样挑三拣四，干脆将我店里所有文具都研究一遍吧！”健太郎什么也没说，转身走了。

回到家里后，他拿出一个厚厚的本子告诉妈妈，自己要利用课余时间研究文具。妈妈山本香听后，非常支持儿子，告诉他说：“既然选择做一件事，就要坚持做到底……”健太郎望着妈妈，狠狠地点了一下头。从此，他迷上了文具。

每次，他都会反复比较各种文具的优劣，然后将自己对文具的使用感受写进本子里，再亲手绘制与实物相当的文具插图。从不按铅笔芯的自动铅笔到卷笔刀，甚至连文具盒都描述到了本子上。

当他把家中的全部文具都描述完后，便带着本子去文具店继续“钻研”。就在他孜孜不倦的整理中，暑假来临了，老师得知他的行为后，不仅没有阻止他，反而鼓励他，让他把这份图鉴作为自己暑期“自由研究”的课题。整整一个暑假，他一共画了一百多页，里面详细介绍了168件文具，对多种文具的性能和使用感等都做出了明确独到的解说。

他决定将这份图鉴作为庆祝TANTAN文具店开业10周年礼物，店长富田仙惠看后，一下子被里面精细的编排和内容的详实度深深震惊了，忍不住发到了脸书上。没料到引起了众多网友关注，还上了日本早间新闻。富田仙惠找到出版商要求出版这本图鉴，出版商又邀请来35家文具商写上书评，大家对他敏锐独特的观点赞叹不已，都说他对文具的优点和缺点做了一个最强解说，并纷纷表示，要把这本书作为所有员工的必读书物。

尽管健太郎的想法一开始曾被人嘲笑，但他没有选择放弃，他的执着和坚持离不开老师和家人的鼓励。在生活中，记得要保护和鼓励孩子的新奇想法，因为你永远也想不到最后会看到什么样的惊喜。谁能料想，小小的文具，如果用心去研究，也能写出一本百科全书呢！

一份特殊简历的胜出

于慧敏是一名出生于吉林的东北女孩，从小喜欢手工制作。2011年7月，高考后的她犹豫不决，临近报名结束才选择了东北师范大学的财会专业。2015年6月，大学毕业后的于慧敏一路向南远赴南京，在一家工作室做起了设计助理。

公司有三百多员工，于慧敏每个月能拿到3000元的薪水，可她并不甘于这样的生活。因为每天不仅有打印不完的资料，还要带着设计去甲方开会，承受着甲方扔下来的各种不满，不断地修改方案。一种深深的挫败感袭上心头，她心想："虽然是设计，可我的爱好是手工制作设计，这种毫无个性的工作不是我追求的方向。"2016年春节过后，刚上班一个月，她辞职了。

于慧敏没有回老家，待在自己租住的屋子里整天上网浏览一些招聘信息。那天，在微信上看到朋友圈里有人发了一个链接，点开一看，原来是手艺网在招聘手工设计人员。这不正是自己苦苦寻找的工作吗？职位设置简直是量身定制，于慧敏兴奋得汗毛都竖起来了。她立即报了名，当她将这个消息告诉家里人后，爸妈在电话里轮番劝阻，妈妈说："你独自一人跑到南京已经够远了，现在还要跑到重庆，离家六千多里，我们怎么才能放心？"

"不！当初选专业已经错过一个机会，我不会放弃的，谁也不可能浇灭我对手工设计的热爱情怀……"于慧敏很倔强地说。

爸爸劝说道："情怀有用吗？情怀可以当饭吃吗？还是回老家找个对口的工作吧！"

于慧敏不听，在她看来，情怀可以当饭吃，一个能将爱好与事业结合的生活方式，远比在哪个地方生活更重要。

2016年4月初，于慧敏接到了公司的面试通知，要求三天后赶到重庆，她立马在网上预订了10号8点的高铁。她心想："自己租住的地方离车站这么近，到重庆又这么远的路途，今天晚上好好睡一觉，明天起个大早赶路。"她在手机上设置好闹铃，谁料不小心摁住了静音键，一觉睡到天亮！一看时间7点10分，还来得及，可仔细一看车票，她惊呆了！从南京到重庆的高铁一个小时前已经过去了，原来，她将6点看成了8点。

一场与梦想接近的机会就这样溜走了，她好似被人从头顶浇下一盆冷水，从头到脚都是冰凉冰凉的。这是一个多么好的机会！到了那里，一本简历就能搞定，不能及时赶到，人家公司对自己也会有看法的。她在家里反思了两天，觉得不能这样默不作声地放弃了，应该给公司一个回复，给自己一个解释的机会。可是该采取什么样的办法呢？她开始琢磨起来。

我不是一个不靠谱的青年，我只是一时疏忽，记错了高铁发车时间。为了证明自己，她想到了简历，何不采取动漫的方式将这件事情的来龙去脉说一遍？她决定做一份与众不同的简历。是否能挽回机会已不重要，关键是给公司一个交代。

在接下来的时间里，她又找了一份工作，一边上班一边设计简历，每天就像打鸡血。自学视频制作，有空就画草图，两个多月的时间，她拍摄了三千多帧画面，然后挑出最满意的两百多帧，一帧一帧地编辑动画、一遍一遍编辑合成。尽管拍到一半时，画稿被风吹乱过，相机也曾没电过，可于慧敏都没有放弃，最终制作成了一段 2 分 25 秒的视频。

“请原谅我就是这么马虎的姑娘，可以在面试的过程中放了你鸽子。”27 字开场白，打开了动漫简历序幕。在视频里，24 岁的于慧敏化身成小女孩动漫人物形象，用动漫的形式介绍了自己对手工的热爱、幽默地调侃过去的工作经历、自己错过面试的原因以及求职意向，并娓娓道出了自己对梦想、工作的看法。

2016 年 6 月 17 日，当她将这份特殊的简历邮寄给求职公司时，第二天就接到了对方通知面试的电话，顺利入职，成了公司里的图文编辑。而当这段简历动漫视频发上优酷后，短短 23 天时间被点播 2.9 万次，于慧敏也因这段“史上最牛求职者”视频变成了网红。

在汹涌如潮的求职大军中，很多求职者爽约后总爱为自己开脱，从不顾及公司方面的感受。也没有做过职业规划，对自己职场道路更没有清晰的认知。于慧敏的胜出，不仅在于她对公司的诚信，还有她对工作的认真与热情。因为很多时候，你的老板更想看到的是你的态度和执着的干劲。

·爱是信仰的全部

贝尼特斯13岁时，爸爸离开人世，妈妈领着他们兄妹11人讨生活。3年后，再遭厄运，妈妈病卧半年后也走了。家里十多个孩子都成了孤儿，最小的弟弟和妹妹都被送进了孤儿院，他开始到处流浪，并和那些社会小混混处在了一起，慢慢学会了抽烟、酗酒、打架，甚至吸毒。

有一次，他的一帮兄弟因为喝酒与另一群混混引起纷争，贝尼特斯刚好不在场。当他赶到时，决斗已结束，一位同伴被刺中心脏，当场身亡。出来混近十年了，见过了太多的血腥场面，唯独这次让他幡然悔悟，并决定痛改前非。

到教堂忏悔时，却遭到神父呵斥："别再打着忏悔的旗号打劫了，前几次的行为已经看透，你无药可救了……"边说边揪着耳朵将他踢出教堂门外。他拍打着教堂的大门哭诉道："我是真的……"可是没人再相信他。站在那里不动的他，忽然产生了一个念头："我要努力做一个让别人的生活得到改变和拯救的神父。"经过一番努力，他到罗马和西班牙的神学院进修了7年，最终如愿以偿，成为墨西哥东部一个教堂的神父。

哪知这所教堂娼盗云集，还是瘾君子的聚集地。更让他感到寒心的是，这里不断跑来一些流浪儿，耳濡目染受到了影响。他不想让人们再重蹈他的覆辙，心想："我要做一个'很酷'的神父，改变这里人们的生活。"他用学来的圣经教文来劝导周围人，最初，人们都排斥他，找茬打他，用沙子灌满他那辆破旧的车子，想尽一切办法逼走他。尽管受尽各种不公正待遇，他依然不改初衷。慢慢地，人们开始对他改变态度并信任起来。贝尼特斯将教堂改成了孤儿院，专门收留那些无家可归的孩子，让他们得到很好的照顾和教育。经营一家孤儿院并非易事，仅靠政府那微薄的经费根本填不饱那么多肚子，况且自己也拿不出那么多的钱。为了维持孩子们的生计，他决定另谋出路。

做什么才能挣到更多的钱来保证孤儿院的运营？他想了很久也没有找到合适的办法。那天，路过一家竞技场，看到很多人在看摔跤比赛，拥挤的人群，此起彼伏的喝彩声，一下子吸引了他，也让他产生了新想法：在墨西哥，摔跤运动相当受欢迎，摔跤手收入也很不错，而且，比赛时，摔跤手要戴上面罩，穿上各种"奇装异服"，很隐蔽的，没有人能看出自己的真实身份……越想越觉得可行。

他开始偷偷学摔跤，凌晨4点半起床训练，8点钟准时赶回教堂做弥撒，天天如此。一年之后，正式登上擂台参加比赛。刚开始只是参加一些业余比赛，收入不是很高，他却将每一笔钱都用到孩子们身上。有一次，他遇到了一位强壮的对手，刚一个回合，就被对方打得鼻子流血，手指损伤。他强忍疼痛，想扳回一局，最终还是输掉了这场比赛。回到孤儿院，夜已经很深，推开沉重的教堂大门，他惊呆了！以吉姆为首的近八十名孤儿静静地伫立在院子里，深夜的风冰凉地吹在孩子们毫无倦意的脸上。吉姆端出一盆热水放在他面前，孩子们有的递毛巾，有的倒茶水……原来，吉姆早发现神父行踪"诡秘"，好奇心促使吉姆打探到实情,孩子们对神父的崇敬之情倍增。贝尼特斯望着这些孩子,一想到自己是为孩子而战,所有的伤痛都烟消云散。为了给孩子们挣到更多的经费,他认真对待每一场比赛。随着技术不断提高,他站在了职业摔跤的赛台上,拥有了固定的粉丝,名气越来越大。就这样,白天他是众人敬仰的神父、孤儿院的院长,履行神职,普度万众;晚上则变身为令对手胆寒的摔跤手,为教堂和孤儿院的生计拼杀。

为了更好地隐蔽自己,他给自己取名为“暴风修士”,还专门设计了一身行头:五颜六色的面具,红黄相间的战袍。黄色代表自己永葆激情和活力,红色则代表自己为孩子们付出的血汗。让他没想到的是,在一次比赛即将结束的时候,对手一不小心竟然将他的面具扯掉了,对手是他教区的一位居民!身份从此被曝光。主教得知后,告诉他这样做有失神父身份,赶快放弃。他据理力争道:“孩子们是我站上擂台的理由,神父的职责不只是对人们口头上的说教,重要的是给人们带来真正意义上的处境改变。”

他不再计较自己的身份,一心一意打比赛,为这些孤儿们筹钱,一坚持就是23年。23年间,他曾14次远赴日本,70次去美国参赛,历经4000场比赛,收过的单次酬劳高达5000美元。虽然手脱臼,肋骨断裂,伤病无数,但他无怨无悔,一切的拼命和努力都是为了孤儿。凭着自己的一双铁拳,贝尼特斯“打造”了一位医生、3位律师、12位计算机分析员和16位教师,成了墨西哥民众眼中的“救世摔跤王”。

贝尼特斯如今已经年过七旬,再也无法登上擂台为孩子们拼搏,但他有一个最大的心愿,希望以后有更多很酷的神父出现,来眷顾更多的生命,让爱继续。因为,在自己眼里,爱就是信仰的全部。

· 名画中的劳拉什么样?

劳拉是伦敦一家制衣厂的女工，年轻的时候，曾经是一名摄影爱好者。在她眼里,镜头是表现美好生活的最佳形式。婚后,特别是有了孩子后,琐碎的家务及繁忙的工作让劳拉焦头烂额,为了养家糊口,她再也无法顾及这一爱好。临到退休的时候,她又不幸患上了乳腺癌,病魔的惨痛折磨让她一度想到放弃生命。丈夫想尽各种方法鼓励劳拉勇敢面对生活。

2011年的一天,已经退休的劳拉在一次老年晚会上,看到一位女孩拿着一部相机在舞台上跑来跑去进行拍照,这让她想起了自己年轻时曾有过的摄影梦。回家后,她对丈夫说:“我想回到大学读摄影专业……”丈夫睁着惊愕的眼睛看着她,说:“我什么都支持你,可这件事不太现实啊！”望着劳拉坚毅的面孔和渴望的眼神,丈夫最终答应了。

劳拉非常勤奋，上课认真做笔记，课下积极按照老师的要求去实践。不过劳拉在校园里还是不断地遭到个别年轻学生的非议。那天，她经过学校大操场时,两名女孩走过她身边。其中一名用神秘的语气告诉另一位道：“知道吗？这就是我邻班的劳拉同学，学习非常刻苦的。”另一名女孩吐了一下舌头,惊愕地说:“这么大岁数了还读大学?

学摄影专业说明老太太很爱美啊！人老心态不老，不过，衰老的女人再爱美也是枉然……”劳拉并没有走远，听到这句话后，心里非常气愤，她想：“难道美丽是年轻人的专利，越衰老就越被人们所遗忘吗？”

走进课堂，老师正在讲西方名家油画，劳拉心里有了想法，她决定做一个摄影项目——对名画进行角色扮演。于是，她根据名画中的人物形象，从自己的衣服里寻找出颜色和款式都一致的用做道具。干过制衣工的劳拉对此非常有经验，拿起剪刀重新对衣服进行裁剪搭配，然后缝纫成名画中的衣服。在自家的小院里，劳拉支起一个三脚架，经过精心的布光和调试镜头后，穿着和名画中人物一模一样的衣服、做着一样的动作的劳拉玩起了自拍。经过近半年的努力，劳拉拍摄出了大量的西方名家油画摄影作品，画面上的主人公只有一个，那就是劳拉。随后，她举办了一场个人摄影作品展。

很多人看到劳拉的作品后，叹为观止。无论是《戴珍珠耳环的少女》《咖啡馆的女歌手》，还是《喝苦艾酒的人》和《弹吉他的梅慈坦》，每一部作品的还原度都极高，无论神韵还是光线设置都是那样的惟妙惟肖，受到了众多人的喜爱。

问及这样做的原因，劳拉说：“当今社会，很多女人衰老后得不到重视，我很喜欢自己这个点子，角色扮演那些经典油画中的人物，让大家不得不重新看待我这个 65 岁的老女人。”

是啊！衰老和疾病固然可以摧残人的外貌，然而梦想和坚持会让你的心更加美丽，让整个人重新焕发年轻的活力。垂暮之年的老人和风华正茂的年轻人，对美丽的向往是一样的。而被岁月和生活沉淀过的老人拥有的那份澄明的心境，会让她更别具风韵。衰老和疾病从来不会阻挡美丽，劳拉深切地明白这一点。

含泪的珍珠最美

汪瑶出生于一个艺术家庭，酷爱文学、电影、动漫作品，成为一名出色的艺术评论家是她最大的梦想。高中毕业后，汪瑶考上了中央美院。她写了很多艺术评论，独到的见解得到众多人的认可，追梦路上的她仿佛听到了天使启动梦想之门的声音。

2010年4月1日，在回家的路上，她突然昏厥，颅内大量出血，医生诊断为罕见的烟雾病。经过3次手术，汪瑶奇迹般地醒了过来，然而身体右侧瘫痪、语言文字功能基本丧失，曾是她最拿手的文字处理能力也在烟雾病的袭击中遣散了。她痛苦悲伤、迷茫彷徨，不吃药、绝食，开始自暴自弃。

那天，爸妈都不在身边，她随意翻开了一本书，里面有一个珍珠形成过程的介绍，让汪瑶心有所触。每当有气泡和沙砾进入蚌体，蚌会不断排出珍珠液，一层层地包裹沙砾，最终形成珍珠。“面对体内沙砾的天天折磨，蚌却始终没有放弃。我还如此年轻，难道就这样放弃了吗？”爸爸从单位回家后，对她说：“瑶瑶，明天我们单位要准备画展，这几天让你妈多照顾你啊……”爸爸的话让汪瑶想道：“我右手不行，还有左手啊，我可以用左手来画画呀！”

像一个刚开始认知世界的懵懂孩子，她一切从头开始。学拼音、练写字、画画，她画家人、同学、朋友，画过去的美好时光。画里都是她记忆中和梦想中的故事，画里有她的恐惧与无助，有她对父母和朋友的感恩，更有她对生活的热爱。有梦想就会有奇迹，学画才2年时间，她的作品就受到多方肯定，还被权威艺术网站“艺术国际”三度推荐。

慢慢地，她能站了起来，尽管一瘸一拐、右手没有一点力气。原本连家门都不太愿意迈出的她现在能主动下楼散步，并加入志愿者行列，参加公益活动，将自己的力量传播给身边人。她的事迹也感染着周围的人，很多人知道了厦门有一个“烟雾女孩”，纷纷伸出援助之手。厦门海沧区委宣传部、文明办等10个部门联合为她举办个人水彩作品展，出版了她的水彩作品画册。她获评“2014年度感动厦门十大人物”。

面对记者的采访，汪瑶声音缓慢地说：“蚌的身体里进了沙砾，它可以放弃，默默死去；也可以承受痛苦，形成珍珠。疾病对我的折磨也是如此，面对苦难，我选择后者，做一颗珍珠——一颗含泪的珍珠，它最美，因为它经受了痛苦。”

每次失败都会距离成功更近一步

他出生于美国纽约州北巴比伦,父亲是一名体育教师。受父亲影响,从小就喜欢打篮球,高中时期曾入选麦当劳全美高中全明星。2005年,他进入北卡罗来纳大学篮球队。

哪知大一第一个赛季刚结束,父亲就卷入了一桩涉嫌14人的毒品案件。母亲为救出父亲四处奔走,整个家庭承受着巨大的压力。大二时,他提出退队,教练语重心长地对他说道:“影响一个人成功的因素有很多,你有打球的先天优势,也知道你家里出了点事,但不要因此停止脚步……”教练的挽留最终让他留了下来,他大三当上了首发,大四就成了队长。

他就是丹尼·格林。

2009年的NBA选秀中,格林被克利夫兰骑士队选中,仅仅打了20场比赛就被裁退。2010年,他又被马刺队签下,6天后又被裁掉。之后马刺队再签下他,随即又把他裁掉……一次又一次的被裁,格林的情绪落到了冰点,待在家里两个月不出门。有人建议他到无人知晓的海外打球,还有人劝他到发展联盟训练。最终,格林选择了发展联盟,他试图找到一条重回 NBA 的路。

在发展联盟训练，要租住经济型旅馆，吃糟糕的伙食，每天从旅馆到训练场都要挤坐公共汽车。仅仅两个月的时间，格林就坚持不住了，他开始怀念以前的球队。但只要想到屡被裁掉的耻辱，他总是咬咬牙，告诉自己一定要加倍努力，重回球队证明自己。很快他的球技一日千里，与此同时，他的心态也越发稳重成熟，重新杀回 NBA 指日可待。

不久，他拨通了曾裁掉他的马刺队主帅的电话，电话那端没人接听，他就留下自己的语音。他说道："我准备好了。只要能让我回到队中，让我做什么都可以。递毛巾，送茶水。这一次，我会认真对待。"但一直没有回音，他有点绝望了。

2011 年 7 月 10 日，格林突然接到马刺队的签约电话，这让他惊喜不已，自己离梦想又近了一步。教练波波维奇找到他说道："知道前两次为什么被裁掉吗？"格林不解其意。

"你知道吗？两次签你，两次裁掉你，都是我的建议，我早就看出你是一个很有潜力的队员。可是你太想接近成功了！你要清楚，不是每次都会成功，但每次都会距离成功更近一步。急于求成，让你的注意力飘忽不定，这比技巧上的缺陷更为严重。有时还跟不上战术执行的节奏，很多常规举动也看起来杂乱无章。几个月的磨砺，你应该有大的改观，如果还未改变这种状况，你还是会被裁的……"

听到波波维奇教练的一番话，格林低头不语。

在后来的比赛中，每当他在场上犯一个很小很小的错误时，就会立马被换下场，即使他坐在板凳席不动，也会因场上球员犯错一起被教练吼，别人犯的错误给了他很大的警示。当他急于出场的时候，波波维奇教练就会对他喊那句长挂嘴边的话："要上场吗？你还不够好，格林。一秒钟也不行。”经过重重磨炼，格林无论从心态还是技术上都成了一个极具价值而且稀缺的NBA球员。他是合格的NBA首发，最好的长距离射手之一，还是不知疲倦紧盯防守的后卫。在团队队员的通力配合下，马刺队最终捧起近十六年来的第五座总冠军奖杯。

成功路上，免不了荆棘，当你举步维艰的时候，不要放弃，慢慢来，因为你还在前进，所以你又靠近了成功一步。越是荆棘丛生的路，坚持到最后得来的成功越是可贵。就像一开始的格林，急于求成，经受不了一点小小的失败，无论从心态还是能力上，都不足以成为一员重量级大将。而当他被荆棘刺得满手鲜血，一路过关斩将重回NBA时，他俨然已经成为一位名副其实的强者了。

·让世界扬起嘴角

白拉沙·吉尔马是一名埃塞俄比亚小伙，他的笑点极低。空气里任何一种引人发笑的气息都能让他轻易捕捉到，很微小的事情、不经意的动作都会引他发笑。他走到哪里就能把笑声带到哪里。

读小学的时候，他的好友法蒂德曾和他打赌，如果他能持续发笑半个小时，就将家里的红色咖啡果送他一箱。结果法蒂德输了，吉尔马连续笑了四十多分钟。

读大学的时候，吉尔马报了心理学专业，专门学习和研究笑声在人们生活中的作用和影响。他发现，当一个人感觉疲惫不堪的时候，笑可以叫醒全身肌肉的活力让人感觉精力充沛、神清气爽。笑还会增加氧的摄入量并释放多巴胺——一种让人感觉良好的荷尔蒙，让人开心快乐。随着他研究的深入，他的“笑技”也越来越高，一发笑就不可收拾。2008年，吉尔马以不间歇笑3小时6分钟的记录成为世界吉尼斯纪录笑声最长者，从此声名远播，很多人找到他求教发笑的诀窍。

于是，他利用自己所学的专业知识开了一个工作室，专门治那些不爱笑的人。有一天，一位女士打电话邀他去咖啡厅见面。走到约定的位置一看，只有一个十多岁的小男孩在等着自己。看到吉尔马，男孩目光怯怯地瞄了他一眼，站在那里一动不动，目光根本不敢直视对方。经过询问才得知，男孩名叫詹姆斯，妈妈让他在这里等一个会给他带来快乐的人。可妈妈在接到一个电话后突然离开了。

吉尔马明白意思后，对詹姆斯说道："你妈妈估计要待一会儿才会回来，你读几年级？音乐课你喜欢吗？我唱歌可是非常棒的，不信，唱一首给你听。"男孩正要拒绝，吉尔马就开始用海豚音唱起了一首《独自等待》，变腔的音调、变形的脸部肌肉，加上搞怪的肢体动作，一下子逗笑了詹姆斯。

看到詹姆斯笑了，吉尔马却停止了唱歌，他也开始笑起来，一笑不可收。独特的笑声引得咖啡馆里的顾客伸长脖子观看，大家还以为发生了什么事。詹姆斯环顾四周，发觉大伙儿都在往自己这边瞅，一时手足无措，脸涨得通红，迅速跑出了咖啡厅，到对面公园的长椅上坐了下来，嘴里嘀咕着"真是个怪家伙"。话还没落地，吉尔马追上来坐在他身边，靠着长椅的吉尔马一边打嗝一边发笑，詹姆斯被他的囧相真正逗乐了，笑得前仰后合。詹姆斯的笑声越来越低，最后竟然流下眼泪，抽泣起来！

原来，詹姆斯已经很久没有笑过了，自从爸爸车祸去世后。所有人都觉得他是个难以接近的怪小孩，疏远、嘲笑和排斥他。詹姆斯觉得再也不会扬起自己的嘴角了，吉尔马让他重新找回了开怀大笑的感觉。

就这样，找吉尔马寻求帮助的人越来越多。

妻子看到这么多的人登门求教，就向吉尔马提议道："要不做一些培训，这样求教的人就能更系统地来学习怎样笑了。"吉尔马心想："如果凭借自己的力量能让世界上那些不快乐的人走出阴霾，用心微笑，让整个世界都扬起嘴角，举办培训还真有必要！”

2011年，吉尔马在非洲开设了专门培训发笑的机构。很多人慕名而来，进行培训的人络绎不绝。他先开设了针对老年人和孕妇的8小时培训课程，让人们了解笑声对于一个人的情绪、性格和身体健康的影响，发笑的技巧，多高的笑声对人最有利等等。接着他又开设了针对心理学家、护士、医生、家庭主妇等专业人员的36小时“职业培训”班。世界上各个角落的人纷纷来他这里取经。自从他的培训班开始以来，几乎场场爆满，吉尔马也赚得满堂红，还获得“笑声之王”的美称。

在他的呼吁下，埃塞俄比亚成了世界上第一个庆祝国家欢笑日的国家，每年的11月1日，埃塞俄比亚人民都开怀大笑，度过欢乐的一天。今年，他计划建立一所“幸福”学校和“欢笑”村，以便让快乐播撒到世界的每一个角落，在更多民众中传播。

用一枚蛋壳敲开名校之门

胡亦江是浙江台州人，1994年出生的她从小就爱写写画画，上学后，因为在作业本上乱涂乱画没少被批评。从初中到高中，每次出板报、办画刊，她都一马当先。

也许是对美术太过用心，基础不牢固的她，高中的成绩在班里一直处于中游，这种情况直到高三也没有改观。2012年高考，她发挥失常，只考了三百多分。爸妈耐心地安慰，但胡亦江说什么也不愿复读，最终报考了武汉纺织大学装潢艺术设计专业。

进入大学后，很快确立了目标。她不断自嘲，自己是“学渣”，并以此来激励自己。除了专业课学好外，胡亦江还做志愿者，卖报纸、做公益，各种经历让她比同龄人更早地学会了如何与人打交道。如果不在做志愿者的路上，她一定在图书馆，这样的勤奋换来的是综合测评成绩班级第一，专业课连续两年年级第一。

2013年6月，她被学校推荐到英国南安普顿大学进行了为期一个月的游学。在那里，她的一个平面设计作品吸引了该校师生的目光，并入选了该校艺术学院年度优秀作品选。从那时起，胡亦江对平面设计产生了极大兴趣，开始各种天马行空的创意制作。一天，她正在食堂吃饭，看到食堂阿姨收拾碗筷时将许多鸡蛋壳倒进了垃圾桶，看着那破碎的蛋壳，她想："这不是很好的画材吗？何不将其用在创作上呢？还可变废为宝呢……"于是，她将鸡蛋壳带回寝室，洗净后压碎，粘在刷了白胶的画板上，然后用水彩笔在蛋壳上作画，画面效果与以前果然大不同，这也使得她的作品独树一帜，让很多老师眼前一亮。

2014年6月，胡亦江申请到国外读研，7月参加了面试。当时参加面试的近百人，很多都是名牌大学的本科生。作为一个大专生，她心里很没底。她想："不管怎样，这毕竟是一次机会，尽力而为吧。"在和面试官的交谈中，胡亦江反而很放松，不卑不亢，突出自己的优势，面试官听到她的经历后，都非常感兴趣。当看到她的"蛋壳"作品——用水彩画在蛋壳上的静物画《花瓶》时，更是啧啧称奇。就这样，胡亦江凭着高超的创意设计和自信的交流，征服了英国伦敦大学、剑桥大学等多所名校考官，获得了较高的印象分。面对剑桥大学视觉与表演艺术学院、伦敦大学金史密斯学院、布莱顿大学这3所世界名校的研究生录取通知书，胡亦江选择了剑桥大学，成为该校硕士预科录取的少数专科生之一。

胡亦江一下子成了人们关注的焦点。她却说："衡量一个人成功的标志，不是看他登到顶峰的高度，而是看他跌到低谷的反弹力！"

找到属于自己的“地垄”

他拿着兰州大学的通知书，怀揣着爹娘东拼西凑来的近万元学费上路了。到了火车站，却把票退了，另买了一张票，坐上了开往银川的列车。到了银川，他留下父亲给的600元钱，剩余的全部打回父亲的农行账户上。

好不容易考上大学，为何突然放弃？他要干什么？其实他从来没有想过真正放弃大学，而是给自己设计了一条更艰难的路——半工半读。

他出生在河南一个偏僻的小村庄，爷爷奶奶年迈，父亲患有脑血栓，是家里的“药罐子”，重活一点也干不成，家里上下7口人全靠母亲一人操劳。2004年，他考上了大学，面对艰难的家境，喜忧参半的他感觉自己考中就像一把温柔的匕首插进了爹娘的胸膛。

选择银川，是因为这里有一个高中同学在上大学。对家人他撒了一个谎，说学费可以缓缴，让老父亲把钱还给人家，他要自己打工凑。

其实一个梦想早已在他心中扎根发芽，那就是做一名律师。家乡少女被拐卖后家人的无助；外出打工者拿不到薪水的无奈；那年堂哥出车祸导致人财两空，更让他明白了法律的重要。于是他选择了法律专业，先专科再本科，拿到毕业证后参加司法考试，给父老乡亲也给自己一个交代。

就这样开始了他的半工半读的逐梦之旅。

他首先到超市做了一名理货员，每天收货、搬货、发货，下了班躲在租住的小屋里看书。陌生的城市里他无依无靠，每到过节的时候更是挂念遥远家乡的亲人，母亲有没有吃饭，父亲是不是又犯病了……无尽的思念均化作了他读书的动力。

最初每月只有几百元的薪水，租房、买书再加上生活费，所剩无几。后来，又从银川转到北京，他做过保安、绿化、前台。工作吃苦耐劳，每一次辞职都被极力挽留。就这样他拿到了专科和本科文凭，一步步地朝着他的梦想靠近。

那年春节过后，在北大南门傣族风味餐馆门前，一个低细的声音打断了厨师的活计。“请问，这里要人吗？”厨师循声望去，看到一个背着破旧的双肩包全身土灰的小伙子站在前台。于是随口回一句：“不要。”这一幕恰巧被老板看到，他才被留了下来。

这个小伙子就是他——赵永生，原来，他看中了这家餐馆的地理位置，到北大听课方便。自此他有了两个身份。白天，他是北大南门一家傣族小饭店的传菜工，穿行于厅堂与后厨之间；晚上，他是北大教室的一名自习学生，为了他的“律师梦”埋头苦读。

由于晚上看书时间长，第二天头昏脑涨的他在给顾客上菜的时候，不小心将汤水洒在了一位中年妇女身上。那位妇女暴怒，就在他弯腰给她准备拭去的时候，却偏巧又踩在了她的脚上。糟糕的是这顾客是餐厅的常客，也是个不折不扣的泼妇。更糟糕的是在恶毒的咒骂之后，不解气的她又揪住他往墙上撞。好在大堂经理等人来得及时，才避免了一场更大的闹剧。

在伙计当中，他是个另类人物，伙计们都不懂他。见他整天翻阅谁也看不懂的《线性代数》，有的还讥笑他道：“你装什么文雅啊！一身泔水味，癞蛤蟆还想吃天鹅肉吗？”他对这些一概置之不理，下班后，就急匆匆赶往北大，别人都以为他去做兼职。

司法考试被称为中国第一考，每年的通过率只有10%左右。为了能够蹭课或者借到法学课堂笔记，他时常帮北大法学系的学生到国家图书馆借书、捎电脑配件……要过司法考试，靠蹭几节课是不够的，他就从网上买来复习资料，真题、讲义、课件，还在北京师范大学附近花700元租了个地下室，每天步行40分钟到校自习，从教室开门到关门，舍不得晚来或者早走一分钟。

当他打开国家司法考试成绩查询网上通道，在一大串姓名中，一眼就看到了自己的名字。也许幸福来得太突然，他闭眼三秒，稳定一下情绪，转头躲进小包间给老父亲打电话。电话这头他双手颤抖，眼泪在眼眶里打旋儿。电话那头的父亲不知道这个考试什么意思，也不知道儿子所经历的艰辛，更不知道儿子为这场考试已经准备了8年。

人们为他放弃大学学业而惋惜，但更多的是感动于他的执着。2015年2月，一家律师事务所接收了他。梦圆之时，他说：“这么多年，我一直记着父亲说过的那句话，‘麻雀寻食，总会找到地垄的’，每当我疲惫动摇的时候，我就告诉自己，要找到属于自己的地垄！”他的故事再一次告诉我们，无论做任何事情，唯有永不放弃，才会达到成功的彼岸。

第三辑

把世界带到你的面前

世界上有很多种浪漫，一种叫作牵手旅行，一种叫作白头偕老。而黑木和婧子拥有的却是第三种浪漫：用双手把世界带到你的面前。2000 平方米的芝樱花诉说着黑木对婧子的爱情，他给了老伴晚年的不孤单，也给了社会一片美丽的花海。

只为当年的一个承诺

2015年5月9日是周末，曾鹏宇正在公司加班，突然手机响了，一看是陌生号码，以为是诈骗电话。就在他准备挂掉的时候，听筒里传来一个大男孩的声音："您好，还记得我吗？我是许涛，我要还您钱……""还钱，还什么钱？"曾鹏宇听得莫名其妙，这人名字不熟，自己和他也没什么交集啊！

当许涛完整地说出了他常用的银行卡号，还有汇款时间时，曾鹏宇才想起了三年前的一件事，想起了这个大男孩许涛。

许涛是天津宝坻新安镇郑家庄村人，他和弟弟许丰从小就记得爸爸经常说的那句话：男子汉一句话说出口，砸地上就得摔个坑。哥俩学业上从没有让爸妈操过一点心，每当放学后就趴在那张简陋的条桌上写作业，哥俩不仅学习好，而且都很懂事，写完作业就帮妈妈做家务。为了供应两个儿子读书，爸爸许立田经营着一家养鸡场，妈妈邓海霞苦心经营着几亩田地，虽然辛苦劳累，一家人倒也其乐融融。

2012年6月初，爸爸突然高烧不退，到医院一检查，被确诊为骨髓系M1型白血病，得到这个消息，母子三人抱头痛哭。爸爸才47岁！

医生说化疗加移植费用要四十万元，自己这个以种地为生的家庭根本无力承担。正在读大三的许涛夜不成寐，他心想："退学打工挣钱吧，已经读大三了，太可惜；不退学吧，爸爸的医疗费咋办？况且还有正在读高中的弟弟……"他想到了网络。

当天，许涛就通过微博、人人网等渠道发出"求助帖"，网友们看到帖子后都非常同情，再加上多家媒体对他这种"微博募捐救父"进行报道，很多人纷纷伸出援手，从2012年6月到2013年3月，许涛共收到千余名网友共57万元善款。爸爸的手术得以进行，病情缓解后的爸爸生命只延续了2年，最终还是离世而去。临终时爸爸叮嘱他道："我拖累了你哥俩，给你们添了座债山，害你们背负一辈子……"许涛告诉爸爸道："你放心，我都记着呢，我一定会归还的……"确实，这个款项他一直都记在心间，"爱心名单"和款项总额，他在微博上公布了20次。

2014年，许涛从北京化工大学毕业后，在北京找到了一份工作，每月薪水三四千元，除去生活费和每月300元的房租，剩余的寄给四处打零工的妈妈和正在天津科技大学读书的弟弟。今年起，他开始了自己的"还款计划"，从捐款人名单、账号到款额、利息、联系方式等，他一一细注，曾鹏宇就是其中之一。

曾鹏宇明白实情后，心被瞬间融化，他对许涛说道："不用还了，小兄弟，你好好工作，把家里照顾好就可以了。"而许涛一定坚持要还，许涛说道："我知道您不图什么，我很感谢您，如果没有大家的帮助，我爸爸不可能多活两年。您一定要收下，您可以用它再去帮助其他需要的人，这样也算是您的爱心一直在传递。"他们的通话刚结束，曾鹏宇的银行短信响起，除了那笔钱之外，还多出来10%。汇款留言：两年每年5%的利息，谢谢您。

晚上回家后，曾鹏宇开始查以前的微博，花了很大工夫，终于找到当年那个求助帖，原来这孩子当初就是说的是借！求助帖里写道："……您也许认为我年龄还小，乳臭未干，但我以人格作保向您筹借善款。因为哪怕仅仅是一块钱，一毛钱对我来说都非常重要，也是极大的帮助。我希望您给我一个详细的账号，我会在3至5年内把钱打给您。因为是借，我承诺每年支付5%的利息给您。无论我以后从事什么样的工作，或是工作的变动或升迁，我都会及时将我的联系方式和所有情况公开，不会让您找不到我。毕竟您的任何一分钱都凝聚了您的辛勤汗水，任何人都没有权利不劳而获。真心谢谢您！……"

原来这个年轻人只是在完成他当年的承诺！曾鹏宇内心澎湃不已，随即将这件事发到了微博上，不到两天，这条微博转发量超过17万次，还上了头条。许涛信守承诺的举动使得他的微博、人人网主页、博客博得一片网友"点赞"声。在许涛最新的一条微博下，两天内多出5000多条网友评论。新帮办基金决定拨出2万元，作为对许涛一诺千金行为的鼓励，同时，阿里公益天天正能量也决定奖励许涛1万元正能量基金。

面对家庭变故、人生困境，许涛当众立誓，以尊严的名义把自己的行为定义为"借钱"。不轻诺，诺必果。许涛用他的清白良心和勤劳双手，将自己的名字擦得锃亮。对公众来说，他是"三年后的回归"，但对他自己来说，是"一直都在"。因为，他一直都在诚信立世的路上，他一直都在本分做人的轨道里。

只有自己足够"怪",生活才会够滋味

松浦弥太郎小时候就不时做出一些"另类"的事情来。直到读了高中,爸妈本以为他会改掉这个"劣根",认真读书。哪知刚读高二,他又一次不走寻常路。

当爸妈看到儿子压在桌角的那封信时,松浦已经踏上了美国之旅。他在信中称自己对束缚个性的学习失去了兴趣,辍学逃离日本,去寻找独特的风景,过一种不一样的生活。可是一个人孤单地行走在异国,他有点失望,甚至觉得比在日本还要煎熬。

那天,他晃荡在旧金山街头,一家书店吸引了他。这是一家专卖旧杂志的书店,里面全是六七十年代的《Life》杂志、具有历史感的写真集、艺术绘本等,那些古书籍在灯光的照射下泛着淡黄色的光芒。他立刻喜欢上这种徜徉在文字、线条与像素之间的感觉。他觉得这才是人生大幕的一针一线,一个人只有注重生活的小细节,珍惜眼前的每一段美好时光,才是生活的本真。

回国后,他带回了大量的杂志和写真集等,并一页页地撕开,按照自己的理解对图片和写真进行分类。分类后进行重新组装,然后拿出去摆地摊卖，他要用自己对生活的理解去感染人们，让人们学会品味生活。同时，他用笔抒写自己对生活的感悟。

很快，他开了一家书店，不同的是，这里的书都是经过他特别挑选，具有文化意涵的绝版书和具有特殊价值的古董书。更怪的是，他坚持只卖2000本书，是正常书店的一半储量。

有一天，他接到了一个电话，对方邀他去参加一个会议。到了才知道，《生活手帖》杂志想让他出任总编。这是日本有名的杂志，创办于1948年，最鼎盛时期曾单期卖过100万册。然而进入新世纪，随着读者层年龄增长和阅读媒体多样化，它发行量锐减，公司运营艰难。松浦临危受命，出任新总编。

上任后，人们以为他会对杂志进行大换血般的改变。然而在第一次员工会议上他就宣布：将继续坚持60年不接广告，注重读者纯粹的阅读体验，还要保留创刊以来的插画封面。大家议论纷纷，奇怪，不接广告，这不是等死的节奏吗？

"怪怪"的新规实施后，员工们好像比以前更会享受生活了。每天3点的下午茶时间，所有人拿出自制的点心、果酱，边吃边闲聊最近好玩的事儿。其实，这是每天的"选题会"，大家在喝茶工夫间，选题就诞生了。选题内容不是那些新奇古怪的东西，而是教你如何料理一份可口的便当，或编织一双经典又温暖的长筒袜等等。

这些生活的情趣和理念给了编辑们以无限的创作灵感，使得杂志缓慢温和地新陈代谢。三年之后，杂志单期销量上升到16万册。他也因此被人们称为日本最懂生活的男人。每当有人问及成功的经验时，他会反问道："教人们如何生活的杂志，如果你是编辑，你都不懂得生活，怎么让读者懂得生活？"

如今的松浦，依然保持“一周买一次花”“享受当季美食”；每天早上5点起床跑步、下午5点半结束工作、7点和家人用餐、10点睡觉的习惯。在他的世界里，所有细微的事物都有其美感。他一直坚持着自己的“怪”，因为他始终觉得，世界是丰富多彩的，人不应该被同化，只有保持个性，做到足够“怪”，生活才会够滋味。

把世界带到你的面前

黑木敏幸是日本宫崎县新富町一名爽朗淳朴的农民，20 岁那年，在樱花烂漫的季节遇到了自己的心上人，一位名叫山口婧子的姑娘。两个人兴趣相投，曾一起约定牵着手周游全世界。两情相悦的他们，就这样步入婚姻殿堂。婚后，黑木料理着几亩田地，婧子在家照顾着 3 个孩子，收入很少，生活得艰辛却温馨。

随着 3 个孩子渐渐长大，家里的经济条件越发拮据。黑木决定养殖奶牛，他向朋友借钱养了 10 头奶牛，家里经济条件慢慢好转，养殖规模也越来越大……

奶牛养了一茬又一茬，孩子们也都已经长大成家，黑木和婧子也渐渐老去。那天，望着跟着自己劳累了半辈子的婧子，黑木一脸愧疚地说："这些年来，我一直未曾忘记我们俩的约定。是时候带你去周游世界了……"

然而天意弄人，就在他们结婚 30 周年的时候，由于糖尿病引发失明，婧子一下子成了盲人！她顿时陷入绝望之中，甚至失去了活下去的勇气。

看着妻子这般光景，黑木眼里心里满是愧疚和心疼。一天，看到很多年轻人携伴相游赏樱花，他心想："芝樱的花期长，香味馥郁，如果我把院子里种满芝樱，一定会吸引很多人来观赏，那样的话，就会有很多人和妻子说话，她的心情肯定能好起来，也更有勇气活下去。既然婧子不能去看全世界，那就把全世界都带到她身边！"他做出了一个疯狂的决定：把所有的奶牛都卖了，在家里种满芝樱。

年复一年，黑木的辛苦没有白费，粉红色的芝樱花终于开始绽放了，从寥寥数株，逐渐扩散为一簇簇、一块块、一片片，最终，完全覆盖了2000平方米的角角落落，这里成了一片花海。黑木终于完成了他的夙愿，成为日本家庭种植芝樱最多的人。为目睹这一美景，日本各地游客纷纷造访，人数最多时达到每天7000人。

婧子的脸上渐渐有了笑容，她经常坐在庭院里遍地的芝樱花中，听着来来往往的人们的赞叹与祝福，偶尔还会与客人愉快地攀谈。早上她会沿着丈夫在芝樱园里开辟的走道上散步。因为妻子失明看不见，所以黑木在散步道的周围装上了围栏，好让妻子扶着，包括椅子，都是黑木亲自制作的。

有人劝黑木道："这么多游客，你可以收点门票或卖点茶水啊！多好的商机！"黑木望着络绎不绝赏花的人说："这么多人光临，我应该感谢才对。我种植芝樱的初衷只是想驱走婧子心头的阴云，让她恢复以往的明媚与开朗，还有兑现当初的约定。如今，来自世界各地的游客都会来到她的身边，在自家的庭院里讲述着外面的风光和趣事。能让她幸福地充满希望地活下去就是我最大的满足。"黑木说着，转过头爱抚地看了一眼婧子。

如今，已经86岁的黑木还在继续打理着庭院里的芝樱花，因为，每年的4月份，盛放的芝樱花会向婧子诉说着他们无言的爱与约定。

世界上有很多种浪漫，一种叫作牵手旅行，一种叫作白头偕老。而黑木和婧子拥有的却是第三种浪漫：用双手把世界带到你的面前。2000平方米的芝樱花诉说着黑木对婧子的爱情，他给了老伴晚年的不孤单，也给了社会一片美丽的花海。

史上最伟大的情书

这是位于布拉格城堡东北角一条狭窄的小巷，路宽不到两米。他坐在小巷中一间名叫雅卡的咖啡店里，拿着笔在纸上写着自己喜欢的文字。桌子对面的椅子上放着他写好的草稿，一页页散发着墨香的文字，和着浓浓的咖啡味在空中袅娜曼舞。

他曾三次订婚，又三次主动解除婚约，对爱情早已心如死灰。从保险公司辞职后，他以写作为生，并以每月 20 克朗的租金租下了雅卡边上的一间房子。但他的作品销路太差，经济来源受到了影响。雅卡的老板看他快 40 岁了还孤身一人，吃了上顿没下顿，非常同情他，每天送他几片面包来充饥。而他也渐渐喜欢上了到咖啡店写东西的感觉，咖啡店的那张桌子总是为他留着。

那天，一个女人走进咖啡店，不经意地一瞥，让她心起涟漪，对他的特立独行倍感兴趣。她走到他跟前说："先生，我可以欣赏您的作品吗？"他抬头一看，眼前是一个气度不凡的女人。他欣然答应。慢慢地，女人也成了咖啡店的常客，他们聊文学、聊生活中的一切。别人看不懂他写了什么，唯有她的欣赏一直激励着他，每写出一页，她就看一页，成了他最忠实的读者。

女人告诉他，她还没有成婚，他听后欣喜若狂。那一年，他37岁，她25岁。在他眼里，她就是上天派来的天使，点燃了自己心中的爱情火柴，他憧憬着两人未来美好的婚姻生活。

那天，当她再次走进咖啡店，熟悉的亚麻桌布上空余一副刀叉，再也找不到那个熟悉的身影了。她坐了很久后才问店主，店主也不知道他的去向。她不死心，天天跑到那条小巷，可他的住处早已更换新的租客了。

一天，邮差向咖啡店送来一封没有寄件地址的信，上面有她的名字，她急不可耐地拆开来看，那熟悉的字迹让她泪流满面，信中的他倾诉着自己的思念和无奈。此后，每隔半个月她就会收到一封来信。

原来，在此之前，他偶然得知她早已成婚，丈夫是一个银行家。对金钱充满欲望的丈夫根本不考虑她的感受，经常外出买醉和鬼混，她痛恨丈夫的所作所为，也曾想过和丈夫断绝关系，但始终下不了决心。他并不为她的隐瞒而怨恨她，更不想让她为难，于是选择了离开。

可即使离开，心却未曾走远，她的倩影始终萦绕在他心头，犹豫很久后他决定给她写信。在恐惧与忧虑中，他对她的爱始终没有迈出实质性的一步，直到生命尽头。

他就是著名作家卡夫卡，她则是卡夫卡一生最爱的女人密伦娜。卡夫卡写的《致密伦娜情书》被称为“有史以来最伟大的爱情书信”。

卡夫卡在人生弥留之际写给密伦娜的最后一封信里说道：“现在我已经记不起你的模样，唯有你离开咖啡桌那一刹那的背影仍历历在目，爱一个人就要把她放在阳光下，也把自己放在光明之处。因为，往前一步，是丑闻；往后一步，是对爱的尊重。”

一弯池水绕心田

那年，我接到普通高中录取通知书的时候，并没有考中的激动和兴奋，更多的是失落。我想上自己心仪的县重点高中，但1800元的赞助费，按我家当时的经济状况无异于天文数字。我选择了复读。

复读班是提前就上课的，刚一个星期，语文老师一口一个“你们是初四的学生了……”一句话让我再也读不下去了。回到家里，我把那张压在抽屉底下的通知书拿了出来，一看时间还不耽误，就骑上那辆破旧的自行车到学校报道去了。学校在离家二十里的另外一个镇子上，校园不大，一圈围墙外就是田野农庄。从此在这里开始了我的高中生活。

这里并没有我想象中那般不堪。校内有一湾池水，清澈明净，几块水泥板横在上面，犹如长虹卧波一般，这是同学们洗衣服的好去处。每到周末或傍晚，三三两两的男生和女生都会端着积攒几天的衣服来洗。女生扬着棒槌捶衣服，而那些平常在女生面前耀武扬威的小子们，则对着一堆发霉长毛的衣物无从下手。有的干脆偷偷地把自己的脏衣服塞给喜欢的女生代劳，然后笑嘻嘻地跑到池塘南边的足球场上疯玩，一起高唱“池塘边的榕树上，某某在‘啪啪’地甩着棒槌……”引得一些女生齐声反击。

而给我印象最深的还是冬季池塘的别样风情，北风萧萧的严冬，在那些小女生眼里是日记本上青春悲思的句子和浸着伤感泪水的文字，对我们男生来说，真的是一片极乐天地。池塘周围那一棵棵老态龙钟的老柳树弯弯曲曲，犹如喝醉了酒的老汉东趔西趄。课间的时候，男生们爬到树上“摸树猴”，抱着干枯皲裂的树干，好像童年时抱着父亲的颈背向上攀爬，双臂伸展着踩在颤颤悠悠的枝杈间，仿佛回到幼时被父母拉着左右手一块儿赶集的时光里。直到学校里那口系在老榆树上的大钟“咣、咣、咣”地响起，我们才一个个哧溜溜地从树上退下来，迅速向教室跑去。

高二那年的冬天极度寒冷，一场纷纷扬扬的大雪过后，大地银装素裹，我们上课的时候还瞅着外面。一下课，同学们就冲出教室，奔跑雀跃在银白色的世界里，池塘因为很浅，早已实冻，男生们就在上面滑冰，打雪仗。那次，我们玩得正尽兴的时候，不知道谁喊了一声“上课啦！……”同学们掉头跑向教室，最后，只剩下一名叫张凯的男生，他刚“啊”了一声，就倒在了冰面上，此时，男生们都已坐在了自己的座位上听起了课，没有一个人留意。当老师发现只差张凯一人没有进教室，赶紧带着我和另外一名学生到池塘边找人，我们跑到时，张凯正躺在冰面上，眼瞪着，嘴里吐着白色的沫子，样子可怕极了。老师赶紧上前掐住他的嘴唇紧紧不放，好大一会儿，张凯才恢复了意识。当时我的心“通、通、通”跳个不停，感觉要出人命了，经老师介绍才知道，张凯这是犯了癫痫病，最后，我们搀着张凯回到老师住室，给他盖上厚厚的被子，让他躺在床上休息。

回到教室，老师大声吼道：“是谁领的头？是谁起的哄？张凯这种病，胳膊、手或其他东西一旦堵住呼吸，如果去晚的话，就会出现生命危险。大家在冰面上追逐打闹，摔倒后骨折了咋办？”讲台下一片默然，空气瞬间凝结了一般。“你们像一名高中生吗？下年就要高考了，拿什么来高考？……”老师对全班同学一直批评到下课铃声响起。下课后，还将我们男生挨个喊到办公室，对大家训了一个遍。

自这次事件后，我们再也不敢轻易去池塘边了，而我们真正快节奏的高中生活就是从那个冬天过后开始的。进入高三，同学们积极备战高考，根本无暇顾及曾给了同学们那么多欢乐时光的一弯池水。高考成绩揭晓，我们那届学生创下了学校高考最好历史记录，临别的时候，同学们在校园里到处留影，我们几个男生相互拥抱在池塘边的老柳树下，美丽的瞬间永远定格在了每一个同学的毕业纪念册上。

时光如指间流沙，如今已毕业二十多年，但那片池塘却永远存于心间，并时时出现在梦境里。清清的水波濯洗着世事奔波的风尘，嫩嫩的柳叶抚摸着我人生旅途的劳累，成了我内心深处不可撼动的一份美好回忆。一弯池水浸润了我的心田，温暖了我人生的梦想。

掌心里的花

那天，肿瘤科住进来一位大约三十出头的女病人，陪伴她的只有她的母亲一人。我在这家医院上班虽然已近十年，见过了太多的生离死别，但每每看到这样的病人，心里总会有种惋惜之情，特别在面对年轻患者时，这种情感更是强烈。

在随后住院的日子里，女人没有我平时看到的那些患者共有的悲观厌世、自暴自弃，好像她来医院只是借宿一段日子。母亲岁数大，不管打饭还是上厕所她都坚持一个人去做，不让母亲为她麻烦一点儿。她按时吃药、按时给病房窗台上的花浇水。每当我给她换药输液的时候，总能看到她一脸的阳光，没有丝毫的痛苦，没事的时候还会和同室的病友们聊一些生活中的事情。

半个月后，要对她进行肿瘤切除手术。给她输液的时候，我说道："明天就要手术了，一切都会过去的……"我本想着要安慰一下她的，谁知她听后竟一脸的平静，反倒安慰起我来："没啥啦！只是从这个房间挪到那个房间而已，人生就是走来走去，但一定要走下去，每个人都这样。"当我在她伸出的左手上寻找血管的时候，我明显地看到她白皙的手掌心处写着这样几个字："加油，我和儿子等你回家！"我一下子震撼了！我猜想，丈夫也许太忙了，居然和孩子用这样的浪漫方式，把爱意写在掌心上。我对她说加油！她微笑着点头。

手术结束了，非常成功，整个手术室都为她高兴，因为大家从我口中得知她有一个极爱她的丈夫。在她苏醒的时候，我趴在她枕边悄悄告诉她："祝贺你，手术一切顺利，还有，你丈夫真好！"

她听后微微一笑说："谢谢，他已经不在了……"

"啊？！那你手上的字？"

看着我们惊奇的目光，她道明了原委。

她原本有着一个幸福的三口之家，儿子聪明伶俐，夫妻恩爱。哪知命运多舛，在儿子六岁的时候，深爱着她的丈夫突遭车祸，得知噩耗后，她哭得肝肠寸断。丈夫临走时，气息微弱地告诉她："一定要好好活下去，照顾好咱们的儿子……"她含泪连连点头答应。

料理完丈夫的后事，她搂着儿子望着空空的房间，整宿整宿地睡不着觉。但生活还是要继续的，她很尽心，为了这个家勤劳操持。眼看儿子读完小学，上了初中，她感觉生活也越来越有奔头了。有一天早晨，她突然眼前一阵眩晕，差点倒在地上，到医院一检查，竟然是脑部肿瘤！她的小家再次处于风雨飘摇之中。

这次是第三次手术了，为了治病，亲戚朋友被她借遍了，加上疾病的折磨、困苦，很长很长一段时间，她几近崩溃，觉得几乎熬不下去。可每每想起丈夫，想起丈夫临终的嘱咐，还有他们之间美好恩爱的日子，一个声音就会在她心里响起："我不能倒，有我在，家就在！"

手术前两天的晚上，她微笑着想象丈夫生前温暖的模样，用右手在自己左手上写下这么一句话——"加油，我和儿子等你回家！"这句话里有爸爸、妈妈和儿子,那是一个完整的家!

我听着她的诉说,眼泪早已滂沱而出,整个病房里都沉默了,随后响起一阵掌声,带着泪花的掌声。

阡陌红尘,每一个人在疾病、困苦和磨难面前,都是脆弱而无力的,但是,一旦拥有了真挚的信念来支撑,那么,再黑暗的吞噬,都可使人迸发出无所畏惧的力量和勇气,于绝望的掌心深处,开出一朵乐观、微笑与明媚的生命之花!

拥有特权的讨饭人

在俄罗斯北部的一个小镇中学里，刚进这所学校的伊万诺夫布奇和同学们一起准备吃午饭。突然，一位衣衫褴褛的老人上去把他刚刚打好的饭菜夺走倒掉，这一怪异举动让新来的学生们惊恐不已，有的向老师报告，有的赶紧躲开。

其实，像伊万诺夫布奇遇到的这种情况并不是第一次，学长们都已经熟悉了这位老人，在校园里，其他时间你根本找不到他的影子，可只要学生放学后走进食堂，总能第一眼看到他。

这个老人太古怪了！大家都在吃饭，他却一直用他那双浑浊的眼睛盯着学生的饭碗，眼里泛着对食物渴望的光芒，当有学生把自己的饭菜给他吃的时候，他表示拒绝。让人气愤的是，他竟然多次溜进学生食堂想先享受一下饭菜的味道，师傅们看他可怜，就送他一些饭菜，品尝后他横挑鼻子竖挑眼，嘴里嘟嘟囔囔地说一些含混不清的话："这个可以吃，那个不好吃……"虽然学校的伙食很一般，但这些挑剔的话说多了，既让厨师愤怒，也令学生取笑，就连教师们知道后也怪他管闲事太多。不过，尽管大家都不欢迎，老人依旧经常来，学生们渐渐对他习以为常。

这位老人引起了伊万诺夫布奇的好奇，经过多次观察，他发现了这位老人的出没规律，找到了老人的家。

老人的家只有低矮破败的两间小屋，屋里光线暗淡又微弱。伊万诺夫布奇进去后，突然一个声音从角落里传来：是谁呀？回头一看，床上坐着一位和他年龄差不多的男孩，看这上去一切都正常，只是眼睛好似被什么东西蒙着。

经过聊天才得知，男孩自小没了父母，一直跟着爷爷生活，在他6岁的时候患上了一种特殊的病，不能说话、眼睛看不到任何东西。经过一段时间的治疗，能够开口说话了，但美好的世界在他眼前永远消失了。医生告诉爷爷，男孩是误吃了某种含有毒素的食物导致的。爷爷也不知道到底是在哪里吃了什么东西，只认为是自己的疏忽造成了这样的后果，经常喃喃自语道："是爷爷害了你，是爷爷害了你……"深深的自责感让他后悔不已，每当男孩吃东西的时候，爷爷都要先尝一口。后来看到小孩子吃东西，他都要上前细看，发展到精神紊乱，成了一种偏执狂。学校是孩子们聚集的地方，为了孩子吃得安全，他竟然偏执地每天要到学校跑好几次。

伊万诺夫布奇把这个情况告诉了老师和校长，校长迅速召开校务会议，当场宣布道："祖孙俩的境况太悲惨了，我们要帮帮他们，我决定聘请老人为本校食堂的质量监管员，拥有开饭前优先品尝的特权，男孩在本校免费入读。"大家一致赞同。从此，老人对自己的工作乐此不疲，慢慢地，他的偏执症也消失了，学校的伙食也改善了很多。

在老人的影响下，其他学校纷纷效仿，校长们身先士卒，开饭前校长先吃和学生一样的饭菜，并形成了一种制度。这种制度后来从俄国蔓延到了日本和德国等许多国家,这就是后来的——给食制。

爱的力量是巨大的,你是否真正地爱孩子、爱别人,就看你是否有一颗勇往直前的心。拿自己的生命和健康做赌注,是对孩子最大的保护,更是一种爱心的自然流露。

·重　生

那天，一位满头银发的老太太来到我们家教中心，大伙都以为她为儿孙找家教。还没等张口，她就直接说明来意，她要做家教。看着我们齐刷刷的异样眼光，老太太恳切地说：“能给我找份儿活儿吗？我想为我17岁的女儿做点事。”说得我们摸不着头脑：母女年龄相差如此之大！这么一大把年纪了还到处找工作挣钱为女儿做事，这女儿也忒……

老太太拿出自己的简历，我们才知道，老人姓曾，是江北区蜀都中学一名退休的数学教师。临老临老得一女儿，女儿名叫小晴，乖巧又懂事，可是却在三年前坐了大牢。

自从女儿进去后，每隔一段时间曾老师就会到所里看女儿，给她带去很多好吃的东西，鼓励女儿好好改造，争取早日出来。女儿对母亲说想参加自考，可是刚考过了3科，就想打退堂鼓。那次，她告诉母亲：“我基础差，自考太难了，我想放弃。”母亲就一直给她打气儿，又是讲道理，又是举例子，让她咬牙坚持，现已通过9科。在少管所的表现也有很大进步，经过多次减刑，最快明年就能出狱。

女儿的进步，让曾老师产生了鼓励更多未成年犯参加自考的想法。

于是她想专门设立一个奖学金，每通过一门自考科目，就奖励50—100元钱的报名费。由于很多未成年犯家庭缺失，在狱中也很少得到家人的经济支持，没有余钱花在学习上。她觉得这是鼓励孩子们学习的好办法。

尽管家庭并不宽裕，但为设奖，她还是先拿出了一万元的启动资金。已经习惯简单朴素生活的她，甚至卖掉了10年前老伴送给她作为生日礼物的戒指。为了筹到更多的钱，曾老师就想到了做家教打工赚钱。

自身条件并不宽裕，为什么不把钱留给自己，让生活更舒适一些？每当有人不解地问起她，她总是说："看到女儿，看到高墙内的孩子们，有的连小学都没读完，他们不懂法，更谈不上守法。这样做对他们以后出来找工作有帮助。更重要的是，学会知理守法，遵守社会底线，才有可能不再重回犯罪的老路。"

如今，已经有几十名未成年犯获得了曾老师的奖学金，曾老师的做法，让受助者学会了感恩，更懂得了如何地回馈社会。

其实，小晴并不是曾老师的亲生女儿。她们的母女缘来自于三年前小区的一场法制宣传报告会，那次会上曾老师加入了未管所爱心家园，和小晴结成了帮扶对子。

小晴本来有着让人羡慕的家庭，爸爸宽厚的脊背曾安放了她多少童年的梦想，妈妈的臂弯为她遮挡了无数人世的风霜雨雪，三口之家是那么的温馨和美。在她7岁生日的头天晚上，她做了一个梦，梦见爸爸和妈妈捧着大大的生日蛋糕，还有好多好多自己喜欢的玩具走到面前向她祝福。第二天早上睁开眼睛，迎来的却是妈妈哭得红肿的双眼，梦想的翅膀还没来得及展翅，不幸却已降临头上。爸爸在建筑工地干活时，一脚踩空，从二十多米高的脚手架上跌落下来，当场丧命。家里的天一下子塌了下来，从此，妈妈羸弱的肩膀扛起了家庭的重负。一个年轻的女人带着一个女孩独自生活在农村那是多么地不易！当她13岁的时候，妈妈实在支持不住了，最终选择了改嫁。

当那位陌生的男子来到这个家的时候，小晴是那么的敌视。嘴硬的她“父亲”两个字从没喊出过口。半年之后，继父的一些陋习开始凸现，他又吸又赌，喝酒后发酒疯，妈妈刚说他一句，他上去就是一阵拳脚。在同样的一幕多次上演后，为了妈妈，为了这个家，小晴决定孤注一掷，她在继父要喝的酒里下了高剂量的耗子药。谁知为防止继父喝高，妈妈提前给自己倒了一杯，14岁的小晴没有毒死继父，却让妈妈走进了地狱，也埋葬了自己的青春，最终被判无期徒刑。

幸好遇到了“曾妈妈”，不仅让自己这棵寒风中枯萎无助的小草看到了春天，获得了向上的力量，也给更多的折翼少年以重飞的信心和勇气。面对即将到来的新生活，小晴说：“妈妈给了我生命，‘母亲’则给了我重生的力量和信心，感谢她们！”

一段母女情牵出一个奖项，奖项背后引人深思，社会责任不是仅仅停留在口头上的说教，它需要人们倾情地付出，用自己的爱心葱茏凡尘、蓊郁世界，装扮人类最明媚的风景。它无关乎物质财富的多少，物质的财富终不能长久，长存不息的是人们的作为，那才是真正的价值。

加油，不是唯一的语言

女儿今年读大二了，每隔一段时间都要和我们通一番电话，聊聊大学校园的新鲜事儿。每次接到女儿的电话，我总是非常激动，一边听着千里之外女儿的声音，一边忙不迭地诉说着家里最近发生的事情，最后总不忘鼓励女儿一番。

前天晚上，我又开始和女儿煲电话粥，女儿对我提起了参加社团的事情。她兴奋地告诉我："我要参加南京高校朗诵比赛，选了徐志摩的一首《你去》，想买一件旗袍渲染舞台气氛，我还加入了好几个社团……"我一听，高兴得差点儿从沙发上跳起来！我夸奖道："不错，不错，继续努力，注意不要因为参加社团活动而耽误了你的功课。我还正想告诉你呢，你弟弟这次在九年级联考时成绩非常不错，年级前 5 名，你们姐弟俩都要加油啊！"我一边鼓励女儿，一边将家里的喜讯一吐为快，谁知电话那端却没有了声音。我隐约听到女儿好像在啜泣，赶紧提高嗓门问道："你怎么了？"

好一会儿，女儿突然对我吼起来："又是'加油'这句话，我早听腻了！"我奇怪地问道："爸爸这不是鼓励你吗？怕你偏离方向啊！"

“偏离什么方向？不还是学习嘛！我们每次的通话内容，百分之八十以上都是学习和成绩！”女儿越说越来气。我连忙安慰她道：“爸爸这样做都是为了你好。”

“为我好？你知道吗，我一直没有告诉你，我差点就毁在你的‘为你好’上！”我拿着手机愕然地愣在那里一动不动，我不知道哪件事情让女儿如此刻骨铭心。

女儿在冷静下来之后，说起了一件她从未提及的事情。2014 年 6 月 7 日，女儿参加高考的第一天。我和妻子早上 4 点钟起床，来不及吃饭，简单洗漱后就匆匆骑上电瓶车赶到了离家 25 公里外的县城。在子女的人生关键期，每一位家长都不会放松。高三的日子，家长和孩子都在刀刃上跳舞，如今要决战了，父母们自然要前去助阵。看到我们的突然出现，女儿既惊讶又不满地说道：“不是对你们说了不要来，怎么又来了？”我和妻子拿出早已准备好的营养品递给女儿，然后装作很不在乎地说：“我们并不是单独来县城看你的，还有另外的事情要办，恰巧赶上罢了。你不要多想，要沉下心来，加油！你一定能发挥出正常水平！”目送女儿走进考场后，我们才离开。

哪知道，我们的到来不仅没起到好作用，反而影响到了女儿的情绪。第一场语文考试，女儿太紧张，总怕一旦疏忽导致错误，做题很慢。由于前面的基础知识和阅读题花费了很长时间，离考试结束只剩下 15 分钟时，女儿的作文只开了一个头，还有六百多字的内容没有写完。女儿一下子着急了，紧赶慢赶，到交卷时终于完成。好在女儿及时调整心态，才没有影响后面几科的考试。

高考结束，女儿就到天津做暑假工去了。成绩揭晓，女儿超一本线近五十分。我和妻子处于兴奋与狂喜中，都没有注意到女儿失落的情绪。原来，这样的成绩在女儿眼里并不理想。在电话里，女儿近乎控诉地对我说道："爸爸，每当你说出'加油'二字的时候，你知道我心里是一种什么样的感觉吗？你那是在告诉我，只能成功，不许失败！如果发挥正常，我的语文成绩绝对不止考113分！你也知道，这是我最拿分的学科。如今到了大学校园，我要全面发展自己，这是我的自由。请你们不要再给我说'加油'了，我听够了，我理解你们的心情，但这样只会适得其反……"

电话这端的我听后，眼眶早已一片湿润。我近乎哽咽地说道："爸爸错了，请女儿原谅，我没有考虑到你的感受。其实，除了学习，我们还有很多话题可以谈……"

对孩子，父母都会关怀备至。从小到大，父母加油鼓励的话语几乎塞满了孩子的耳朵。可是，家长们忽略了孩子的感受，我们的一句"加油"，可能就是对孩子的一种变相逼迫，那就是：你必须成功。这是对孩子的一种伤害。我们不妨放下旧的思想，换一个角度，以一种轻松的方式和孩子交流。因为，加油不是唯一的语言。

·张居正经历挫折教育

挫折教育，无论对家长育儿或是领导育才，都可以说是必要的措施。但如何掌握适度，却是一门高深的学问。运用得好，对人才是一种锤炼；运用不好，就容易使人变成废材。

张居正从小聪慧过人，12岁就参加荆州府的应试，并以立地交卷、文采横溢的文章博得考官一致好评，被地方称为“神童”。13岁赴武昌参加乡试，湖北按察院陈束读了他的试卷，拍案叫绝，当场决定录为举人。时任湖广巡抚的顾麟当时正在武昌巡游，却要求将此事搁置下来。顾麟并不觉得张居正有问题，而恰恰相反，他认为：张居正是个将相之材，如果过早让他发达，容易使他自满，从此丧失了上进心，让他落第受点挫折，可以激励他发奋图强。而且他相信，只要张居正真的是块材料，他就不会一蹶不振。

就这样，张居正落第后，他周身傲气被打得干干净净，垂头丧气地回家闷了好几天。沮丧的情绪过后，他果然更加发奋，埋头攻读。三年后以极优异的成绩夺得了头魁。被录用后，他逐渐成为明代重臣和杰出的政治家。

由此看来,顾麟的决策是正确的。虽然那个年代的中国还没有心理学这一名词,但是不能不说顾麟在培养人才上的确有远见卓识。

相比之下,作为挫折教育成功受益者的张居正,在育人方面就没有那么成功,后来作为太傅,对万历皇帝的培养甚至可以说是再烂不过的惨败。

万历皇帝9岁登基,从师于满腹经纶、德高望重的张居正,可是这位张太傅却忘记了皇帝他只是个孩子,他对万历皇帝施行的是摧残心智的教育。

有一次,十多岁的万历皇帝童心大发,光着脚丫爬上了后花园的假山,弄得衣服又脏又湿。这事立即被张居正禀报给了太后,结果被罚跪半天,而且向其作书面检讨;万历从小写得一手好书法,这是对他进行鼓励、树立他自信心的最好时机,但是张居正却以“不务正业,恐重蹈宋徽宗的覆辙”为由大加训斥。

就这样,张居正满腔热忱、呕心沥血,利用自己的“大智慧”培养出了一个昏庸不能再昏庸的万历皇帝。张居正死后,万历皇帝开始身居大内,终日玩耍,不理朝政,成为史上绝无仅有的二十年不上朝的皇帝。

加拿大的家庭生活课

去年7月，我们全家移居到了加拿大。11岁的女儿贝贝在多伦多一家教会学校读6年级。周一那天刚放学回家，她就大声喊道："妈妈，恭喜你升级为外婆！"我莫名其妙地摇了下头，以为她在说梦话。

"真的！我有了男朋友，哦，不是，应该是先生，因为我们已经有了一个儿子……"正在做饭的我，心猛地一惊，手里的勺子差点掉下来。我以为女儿在发烧，估计还不轻。

可贝贝表情很严肃。

"到底怎么回事？快说。"我有点抓狂地吼道。

当女儿将"儿子"放在我面前时，我笑了：这分明是一只鸡蛋嘛！

"不，这是我的孩子，我给他取名'小小贝'，我和先生轮流照顾儿子。"女儿一本正经地说着。

"那以后我就是蛋外婆啦！不认真读书，在搞什么鬼？"我有点啼笑皆非了。

女儿告诉我，这是学校的一门课程——家庭生活课，是加拿大1—8年级的必修课。育儿项目是这一周必须完成的作业！老师给每个学生安排了“配偶”和儿女，双方都必须精心呵护自己的孩子，否则就要扣分。

她找来一个小篮子，拿出她“先生”的一条毛巾放了进去，给“儿子”布置了一个温暖舒适的小窝。女儿说篮子和毛巾是她和先生的“婚前财产”，篮子是房产，毛巾是内装修，这是双方必须承担的。望着女儿脸上洋溢着做妈妈的幸福光彩，我心里也满是暖意。

第二天，女儿刚吃完早饭就说：“妈妈，我要拿2加元给‘儿子’买蛋寿保险。”

“蛋寿保险？还有这回事！”我一脸茫然。

“是呀！孩子不能出差错，不然要受责罚。交2加元，如果蛋裂了，老师给用创可贴补上，如果蛋碎了，就要交5加元，老师要安排葬礼！”女儿一边说，一边从自己的储蓄罐里拿钱。我连忙阻止道：“孩子是你们两个共同抚养的，你只能出1加元，那1加元你应该向你先生要。”女儿白了我一眼，拎着她的蛋儿子上学去了。

中午吃饭时，突然接到女儿的电话：“妈妈，我只顾带着儿子来学校，饭盒忘了拿了。”

我埋怨道：“看看吧，你那蛋儿子不吵不闹，老老实实躺在篮子里，你都顾不上自己的午饭。我每天伺候家里几口，是怎么做到的？”

女儿嘻嘻一笑道：“哎呀，妈妈，我就知道你会絮叨，我不是忘了嘛！你看我对我的蛋儿子絮叨了吗？做妈妈，你跟我学着点！”

“你个鬼丫头，你才做了几天妈妈呀？”我在电话这头笑骂道。

周三早晨，我正赶着去公司开会。刚刚上路，再次接到女儿的电话：“妈妈，我孩子忘带了，不要跟老师说我落家里了，不然要扣分的。”

我虽然心里恼火，但作为一个中国式家长，为了女儿的成绩，自然要将责任揽在自己身上。可是脑子转了360圈,也没有找到任何借口。

等我回家取蛋,再驱车赶到学校时,正赶上学生集合祷告,然后校长讲话。时间一分一秒地过去,任我如何心急如焚,也无法走进校园半步。等待中的我心里豁然醒悟:是女儿忘记了,凭什么让我为她的失误买单?

终于可以进去了,我找到女儿的老师说:“这是我女儿的孩子,早晨换鞋的时候,被她落在鞋子一边了。”看老师在本子上记下名字,我心里一阵窃喜:“看你下次还粗心不?”

周四,放学一到家,女儿就告诉了我们一件“惊险”而又“悲痛”的事情:一位蛋爸将孩子弄“夭折”了!事情的经过是这样的,最近学校在排演一出戏,女儿和同桌林曼都参与了。中午排练时,两人将孩子交给各自的蛋爸照顾,就一起去音乐教室了。排练完毕出来时,看到好多同学围成一圈在看什么。好奇地挤进去一看,林曼惊呆了:她的蛋稀碎!蛋爸正趴在地上捣鼓,她顿时大哭起来。

原来,当林曼将孩子交给蛋爸后,在下楼时和一个低年级的学生撞了个正着,“儿子”就这样夭折了。林曼悲痛至极,将此事报告给了老师,林曼被扣10分,蛋爸的作业作废。同时宣布,明天将给林曼的孩子举行葬礼,还要对肇事者进行开庭审判。

葬礼在周五的上午举行,由学校副校长主持,非常隆重。葬礼上,蛋爸做了最沉痛的讲话。他说:“这个蛋是个好孩子,如果他在的话,一定会给大家带来很多快乐。令人悲痛的是,由于我的疏忽大意,让蛋过早地离开了爱他的人们……”人群中发出几声无法控制的笑声,这是对生命的极大不敬畏!随即就有几名学生被老师驱逐出了葬礼,并受到扣10分的制裁。

在下午的当庭审判中，陪审团是两男两女，法官是该科目的老师，蛋爸还请来他的朋友做律师。蛋爸控告对方是蓄意谋杀，对方是一位单亲蛋爸，（由于班上男生多，女生少，很多男生找不到老婆，成了单亲蛋爸。）他说："我不是故意的，我也很爱孩子，只是不小心撞个满怀罢了。但这样的结果毕竟是我造成的，我真心忏悔，愿意承担一切后果……"

鉴于单亲蛋爸的认罪态度及诚恳悔改之意，陪审团一致裁定：单亲蛋爸负担丧葬费5加元，诉讼费4加元，民事罚款2.5加元，林曼"两口子"重新领养一颗蛋。

为期一周的"育儿"经历结束了，虽然这项作业女儿被扣了10分，但让她深深明白了育儿的艰辛、做家长的难处和对生命的敬畏，懂得了责任的担当，同时还学到了很多实用的社会知识。

女儿一周的"蛋妈"生活让她受益匪浅，对我而言，一周的"蛋外婆"遭遇，让我体会到了加拿大独特的"家庭生活课"，更懂得了该如何教育孩子学会生活。

大头照男孩

巴黎男孩鲍斯不是常人眼中的帅孩子，更不是乖孩子，学习也不用功。除了不时地制造个“小麻烦”以吸引老师和同学的关注外，鲍斯最喜欢的事情就是画画。

15岁的时候，学校里流行大头贴，他将自己的头像制成几幅大头贴后让同学们看。哪知大家看到鲍斯特意搞怪的头像时，都说丑死了，甚至有人直呼太可怕！他决定采取办法，来颠覆和改变人们对他的看法。

那天，他看到两名工人在大街两边的墙壁上张贴宣传画。鲍斯产生了一种奇怪的想法，将自己的头像贴到大街上。于是，他利用周末的时间开始行动，将自己不同表情的头像拼在一张大纸上，再搬个梯子将纸糊上墙，然后躲在暗处看动静。令他失望的是，没得到一个路人的夸奖。他不甘心，这个地方不行，就多放几个地方。他爬地铁、翻墙壁，没有那么多纸张和照片，他就利用自己画画的优势朝墙壁上喷颜料，就连香榭丽舍大道旁也曾留下了他的作品。慢慢地，他喜欢上了街头涂鸦。可是，鲍斯的乱贴乱涂引起了警察的注意。鲍斯就开始和警察玩起了猫捉老鼠的游戏，看到警察走过来，鲍斯赶紧躲起来，每一次都像一场冒险。

2005年11月,新移民和老巴黎人之间发生冲突,大批暴徒冲进多栋高层建筑,事发地陷入一片火海之中。民众全躲在家里盯着电视播报。鲍斯在看新闻时突然发现一个特写镜头,在一面墙上,竟然是自己一年前贴上的非法“大头照”。动乱过后,刚走出家门,就听到大街上很多人在谈论那张照片。大家都从电视上看到了那个画面,一位老太太说道:“男孩拿着枪好吓人啊!看他的目光,天生就一副恐怖分子的模样……”另一位中年人说道:“孩子还那么小就成了暴徒,真可惜啊!”

其实,那张照片是他和伙伴们在一城乡结合部玩耍时拍的,当时手里拿的是个摄影器材。那是他在一次和警察周旋时无意间捡到的东西。看到人们对自己如此偏见,鲍斯的倔性再一次被挑逗起来,他非要给人们一个证明:我有那么丑陋和恐怖吗?你们即使把我当作不守规矩的街头艺术家,也不能把我看作可恶的恐怖分子!他拿出自己以前存放的大头照,并将其打印出来,趁着夜色,偷偷贴满了巴黎的中产阶级社区。没有人知道这些作品的作者是谁,人们在路过时停留观赏片刻,一段时间后,这些照片不是被雨水冲刷掉,就会被警察视为影响市容而撤下。但鲍斯的“贴照”行动并没有停止,不过他却有了新想法:“我何不拍摄更多人的照片,捕捉更多的表情,让更多的人来体验苦难生存状态下的人群内心的不安和凄凉……”

2007年,中东动荡不安,他约了六位好友一块儿跑到那里。几个人冒着炮火和硝烟,在以色列和巴勒斯坦人之间窜来窜去,拿着他们28毫米的焦距镜头相机,对着流离失所的难民,拍下他们生动的表情。穿梭于枪林弹雨之中,一不小心就会被乱枪打死在街头,而他们几人完全忘却了自身的安全。两架梯子、两把刷子、一辆租来的小车,外加一部相机和两万平方英尺的纸张，就是他们的全部工具和家当。在以色列和巴勒斯坦的八个城市，在著名的隔离墙上，全都贴上了他们拍的大头照。

有一次在巴勒斯坦，几个人正往隔离墙上贴照片，一名本地人问道："嗨，你们在做什么？"

"我们在搞艺术，这里有两张照片，一个是以色列人，另一个是巴勒斯坦人，他们俩都是老司机。你能辨认出哪一个是巴勒斯坦人？"鲍斯淡定地说道。

那个人一听要发火，他喊道："你难道要在巴勒斯坦的地盘上贴上以色列人的照片？"

"我贴的这些照片中，有司机、律师、厨师，不管是哪个行业，不管是巴勒斯坦人还是以色列人，大家都生活在同一个地球上，这样冤冤相报、没完没了，受苦的还是我们民众啊！……"鲍斯越说越激动，就像在做演讲一般。他的话引来很多人的围观，不少人对这种常年拉锯式的纷争表示厌恶，也肯定了鲍斯的做法。越来越多的人竟然跑来帮忙，浑然不管往墙上贴的，是不是"敌对国家"的人。

2008年，巴西里约热内卢发生一件暴力事件，三个孩子因为没有带证件而被交到敌方手里后，竟然被剁成了肉块！母亲为救孩子舍命闯进敌人老窝，结果被击毙。看到这则新闻后，鲍斯独自一人来到巴西里约热内卢这个最暴力的棚户区，这里由最大的毒枭控制着。他想在这里拍一组"女人是英雄"的照片，这里没有旅行社，没有也不敢有目击者，即使有人上街，也是步履匆匆。他在街头游荡，好不容易看到一家居民打开了门，赶紧上前说明来意，并拿出自己拍的肖像照。终于有人答应他的请求。

于是，他从拍孩子入手，最终找到了遇害孩子的祖母。看到老人，他有一种想流泪的冲动，那是一张什么样的脸啊！皱纹像旷野里纵横的沟壑，悲伤在每一道沟壑里汹涌蔓延，浑浊的眼神看不到一丝对生活的希望。他把老人的这张“脸”糊到了棚户区的一个阶梯上，孩子正是在这里被抓走的，就是在这个阶梯上非法交易、战火斗争无时无刻不在进行着。他想，即使暴徒走过这个阶梯，看到这张悲伤的脸，心里也会有所触动的。那样，自己的努力就没有白费。

2009年，鲍斯跑到印度，当地政府不允许他随意张贴照片，他就在墙壁上贴白纸，将想要呈现的图像用胶水画出形状。洒红节到来时，满大街的少年向墙壁泼洒着五彩的颜料，他要展示的内容完全显现了出来。

这些年来，鲍斯“贴照”的脚步一刻也没有停留。从印度到肯尼亚，从非洲到苏丹，从利比里亚到蒙罗维亚、瑞士和意大利。他用另类的方式、艺术的力量让人们换一个角度看世界，让人们真切地近距离地体验不同地域、不同宗教、不同民族的人们的生存状态，更让人们珍惜和平和安宁的珍贵与来之不易。

食物“拾荒者”

大一时，伦敦小伙斯图尔特去校门口一家超市买东西。看到大门边的垃圾桶口露出一个包装精美的袋子，他禁不住好奇心，拿出一看，竟是十几盒牛奶和八九袋奶油甜甜圈！是哪位顾客不小心扔错了地方？斯图尔特急忙找到超市服务员。

哪知服务员上前一翻开，苦笑道：“这是我们扔的垃圾，你怎么带了进来？”

“牛奶也没过期，奶油甜甜圈还泛着香味呢，怎么成了垃圾？”斯图尔特不解地问。

服务员如实相告：“食品销售一般都有一个周期，如果没有在规定的时间内销售完，余品将影响下批食品上架，将新旧食品放在一块销售是不允许的，这是每个超市的制度……”

看着散发着诱人气息的甜甜圈，斯图尔特鬼使神差地塞了一个到肚子里。味道真不错，可囫囵地一吃完，斯图尔特就有点后悔：不会生病吧？

回到家后尽管没有患病症状，但斯图尔特还是疑神疑鬼了好几天，赶紧去找食品卫生专家咨询。专家告诉他，一般食品即使保质期过了一段时间，只要没有变质，不会对人体产生危害。打那以后，斯图尔特经常去学校周围的超市垃圾桶巡视一遍，看是否有可以捡拾的“宝贝”，每次他都能满载而归。

有一天，他路过一家面包加工厂，看到工人正从垃圾车上卸东西，走到跟前一看，全是生产没多久的面包。他问道：“为什么倒掉啊？”工人显得很无奈，叹口气说道：“没办法啊！客户订购合同里有规定，面包两头最靠外的两片都不准用，生产线一时又无法改，每天光扔掉的面包就达13000片呢！另外，合同规定所有的胡萝卜必须是笔直的，30%的胡萝卜就因为形状不达标不得不下架，这些‘不合群’的农产品无法出售，就只有扔掉啦！”

斯图尔特异常震惊：当世界一些地区的人们还在深受饥饿折磨的时候，我们却在为一些可有可无的细节大肆浪费食物资源！他当即决定号召自己的同学一起来“拾荒”，把那些食物送到真正迫切需要的人手里，但是如何让同学们加入“拾荒者”的队列里来呢？

那天，他和几位同学去野外游玩。中间休息时，斯图尔特将自己包里的美食拿出来与大家分享，同时提议大家做一个小游戏。轮到谁，就蒙上眼睛，品尝放在左右两边的美食，能准确说出美食名称和味道的差异就算赢。

大家品尝后，都能说出美食名称，却说不出有什么区别。斯图尔特解释道：“其实，我每次给大家拿出的都是一样的食品，只是左边是超市丢弃的，右边是新鲜上架的，这些丢弃的食品都能吃。试想一下，如果把这些食物送到饥肠辘辘的人那里，有多少生命会因此得到帮助？”

在他的号召下，同学们开始共同行动，他们将淘来的“宝贝”送给各地的收容机构和护理中心。

大学毕业后，斯图尔特一心致力于反食品浪费事业，成了英国人心目中的反食品浪费专家。他向政府部门反映，向食品行业施压，到处演讲宣传自己的理念，还出版了《浪费：揭开世界食物丑闻》一书，呼吁人们节约资源，反对浪费。2013 年 10 月，在悉尼市中心的马丁广场，他邀请 5000 名悉尼公众参加“澳氏丰收”——全澳最大型的免费午餐会。午餐采用的原料全是食品行业打算丢弃的新鲜蔬菜和水果。三十多名著名厨师参与了午餐的制作，一百多名义工参与了服务，连澳洲总理夫人和悉尼市长都到场参与。

如今已经 32 岁的斯图尔特仍然不停地奔走在世界各国搞活动、做演讲，他说道：“点点星光很微弱，聚在一起就能汇成灿烂的银河。”

收集犯人需要的照片

2008年的一天，一名叫作莱恩的记者为采访一个案件走进了塔姆斯监狱。

塔姆斯监狱是美国伊利诺伊州一座超级监狱，关押着美国最危险的暴力犯罪分子。监狱里只有4平方英尺的地方能晒到太阳，偌大的水泥院子里，总是空无一人。囚犯们一天要关押23个小时，狱警每隔一个小时到各牢房巡视一次，只有一个小时可以到室外活动。所谓的室外活动，就是戴着手铐，沿着过道里的黄线走出牢房，被狱警送进一个个车厢大的笼子里锻炼身体。这里的饭菜还可以，就是没有自由，一旦进入，就插翅难逃。

在与监狱长聊天的过程中，莱恩了解到，监狱采取严酷的制度实属无奈，因为进来的都是终身监禁的人。犯人之间矛盾频发，干活磨洋工，绝食，不仅不配合，甚至一度出现拿纸折刀与狱警发生冲突的现象。于是，莱恩在牢狱里深入接触了一些犯人。知道莱恩身份后，犯人们像看到天外来客一般，纷纷向他倾诉心情，说出自己的愿望，都希望他能将自己的心里话和祝福语带给父母、妻儿和朋友，甚至想看到家人近期的容颜。出狱虽已遥遥无期，可内心的不安却充斥着每一个犯人躁动的心灵，并促使其做出各种让狱警头疼的事情来。莱恩看到犯人们那孤独无望、失神无助的目光时，心一下子被触痛了。

莱恩回去后就想："牢狱里的每个人都有过不光彩的历史，甚至不可饶恕的罪行，但人身上都有最柔软的地方，他们也有悔改的那一刻，久处于铜墙铁壁般的监牢里，看不到任何的希望，心灵怎能不发霉！如果能让这些与世隔绝的犯人看到自己心中想象的外部世界该多好！既安抚了犯人孤独的心灵，又维持了监狱的秩序，可是该采取什么办法才行呢？"于是，他找到《孤独照片》杂志的主管，提出了自己的想法，主管听后立马答应帮助他一起去做这件事情。随后，他们开始了一个名为"拯救塔姆斯"的计划。

在接下来的日子里，莱恩多次进入塔姆斯监狱，与犯人们交流，收集他们需要什么样的照片。一个名叫克里斯托弗的囚犯说道："我进来的时候，女儿才三岁，她是上帝送给我的小天使，15 年过去了，不知道她现在长什么模样，但我还是喜欢她 3 岁时的模样……"名叫基斯的男子说道："我出生于一个非洲裔美家庭，给我印象最深的还是当年的生活照、假期照、毕业照、生日照，还有参加教会的照片，我希望在照片中看到一个家庭的和谐还有成长中的好与坏。"一个名叫桑尼的囚犯则对他说道："我希望能看到在海平面上初升的太阳，我已经被囚禁了快二十年了，好希望能在照片中看到自由自在的鸟儿和海豚。"甚至还有囚犯需要一张虽不时尚，但却能给予自己温暖和力量的女人照片……

莱恩将这些信息逐一记下，在《孤独照片》杂志的帮助下，找到帕森斯设计学院的老师，按照囚犯们的想象和要求进行构思和创造。照片出来后，深得囚犯们的喜爱，他们将这些照片放在房间里，犹如和亲人面对面,心理得到了满足,所有的烦躁、寂寞和痛苦烟消云散。随着参与的囚犯越来越多,人心稳了,以前那些经常出现的狱内矛盾和冲突绝迹了,监狱的秩序也大为改善。

世界上的每一个角落都应该是充满人性的,监狱里也不例外。对于那些曾经犯过错的人,我们也应该适当采取温和的方式,“肖申克”不一定能带来救赎,我们需要的是人性化的管理,这样才能真正洗涤净化那些有污点的灵魂。

第四辑

给别人一次机会

一个人不能只考虑自己，那样叫作自私。在我们的生活里，常常需要考虑到别人的感受，顾全大局，才能营造更加有利于学习的环境。一代总统的优秀之处不仅在于他自己的能力，还在于他拥有一颗顾全大局，追求平等的心。

稻盛和夫的柿子哲学

稻盛和夫小时候是一个“孩子王”，读初一的时候，屁股后面还总跟着一群小孩子。男孩南野秀一就是他的铁杆“粉丝”之一。

那天，南野秀一告诉稻盛和夫道：“我家里有一棵大柿子树，上面结的柿子又大又红，爷爷知道你对我特别好，想让你去摘柿子吃，好吗？”“你家太远了，我不去。”稻盛和夫当面拒绝。谁料想南野秀一锲而不舍，几次三番地邀请他去家里，最后竟然说动了。

一个阳光明媚的周日下午，稻盛和夫领着他的“小喽啰”们跑到了南野秀一家里，看到满树小灯笼似的柿子，把小伙伴们乐坏了。有的搬梯子，有的找篮子，一会儿工夫，上面的柿子被一扫而光。

第二天，刚到学校的稻盛和夫被老师叫到了办公室，一名老者看到他很生气地说道：“你叫稻盛吧，听我孙子说了，是你不听劝阻，擅自到我家摘柿子，而且摘得精光，真是太不像话了！……”

稻盛和夫一听，立马恼火地问道：“不是你们再三邀请我吗？怎么成了擅自？……”老者惊讶地说道：“笑话！我邀请你们去搞破坏吗？”任凭老者指责，老师批评，稻盛和夫不再说一句话。

老者走后，他对老师说："为什么有些人言不由衷？明明是他们的错，怎么倒怪起我来了？"老师语重心长地告诉他道："何谓正确？你好好想想这几个问题，第一，无论他们邀请与否，一树的柿子被摘光，这个结果是不是你所造成的？第二，你觉得南野秀一言行不一，但你是否知道，他一切的言行不过是为了接近你。第三，当你家的柿子树一年到头结了柿子，是不是喜欢别人来糟蹋？站在每个人的角度上去想问题，你就会明白，是你错读了他的信息。"

老师的一番话给了他很大启发，自此，每当为一件事情纠结的时候，他都会问自己一句：作为人，何谓正确？别人会怎么想？

在后来的创业过程中，他一直坚持这样的自问，对员工进行人性化管理。白手起家的他成就了两家名列全球的500强企业，被称为日本的"经营之圣"。

当被问及成功的原因，稻盛和夫总是不忘提及他的柿子哲学：永远不要一意孤行，以为自己做的都是正确的，真正的做人准则是时刻记得将心比心、换位思考，这样你才能走上一条正确顺畅的道路。

穿烂一百双女式球鞋

在他很小的时候，母亲独自一人领着他和哥哥讨生活，母亲发现他对篮球极度热爱，于是，就给他找了一家球馆训练。随着球技的提高，渐渐滋长了自满情绪。

那天，他要参加一场大型比赛，母亲拿出一双球鞋让他穿，看后，他冲母亲吼道："太丑陋了！不仅又破又旧，还是女生穿的鞋子，你让我怎么穿得出去？"母亲听后一脸严肃地说道："你关注的是你脚上的鞋，而赛场上人们关注的却是你手中的球！如果你在意脚上球鞋的话，我劝你不仅现在穿，以后还要穿，直至穿烂一百双这样的球鞋！……"抱着一肚子怨气的他登上球鞋摔门而去。

为了踢烂脚上的"羞辱"，无论是登山冲刺、长距离跑圈，还是俯卧撑和仰卧起坐，他都卖力刻苦地去完成。他的心慢慢地沉了下去，也终于理解了母亲的苦心。长期的训练和比赛，使他穿烂了一双又一双球鞋。当穿烂第五十双球鞋的时候，他的球技早已健步如飞，参加的比赛也越来越多，摘得了一个又一个大奖，刚上大学没几个月的时间里，就成了全美前十强得分手之一。

他就是美国NBA联盟球员凯文·杜兰特。2014年5月，他以绝对优势压倒詹姆斯和格里芬两大劲敌，强势荣膺NBA常规赛"最有价值球员"。

原来，母亲为了控制儿子的浮躁情绪，想出了一个办法：从网上淘旧球鞋，这些鞋都是她专门在网站淘来的女式篮球鞋，是WNBA球员穿过的二手鞋。儿子越在意脚上的球鞋，就一定会在其他方面吸引观众的目光，所以，一定会让手里的球精彩舞动起来。

根据儿子的喜好逆势而为，不得不佩服这位母亲的教育智慧。

小法官审判大英雄

1814年，美军与英军在新奥尔良地区即将展开激战，当时的统帅是后来的美国第7任总统安德鲁·杰克逊。

开战前两天，一名副官告诉杰克逊，看到一名编辑在报纸上发文抨击，说他指挥不力，临阵怯敌。杰克逊一听马上命令将这名编辑逮捕，编辑当即向多明尼卡法官提出申诉。杰克逊就连法官也送进了监狱。美军取得新奥尔良战役胜利后，他们才得到释放。

过后，杰克逊收到了法庭的审讯传票，他赶紧放下手头繁忙的公务，立即出庭接受审判。

法庭上，多明尼卡法官说道："公民既有言论的自由也有申诉的权利，你不仅剥夺了申诉人的权利和自由，还将法官一同粗暴地关进监狱，你这是藐视法庭！……"杰克逊低着头，认真地听着对自己的宣判，没有丝毫辩解。

走出法院大门，手下人都在为他打抱不平："您是赢得战争胜利的大英雄，一个小小的法官竟然对您这样，太不将您放眼里了！"

杰克逊微微一笑道："我当初关押他们，主要是怕这位编辑再发布其他言论，动摇军心，涣散官兵士气。我的行为确实违反了宪法和法律，法官的判决是公正的，你们不仅不必为我抱怨，而且今后也要引以为鉴，牢牢记住，不要做违反宪法和法律的事。”随后，他依照法院的判决，缴付了一笔罚款。

当杰克逊还是南征北战的将军时，他明白军心重于一切，所以毅然违背法律，将法官和编辑关进监狱。而当战争平息之时，这位曾为了国家浴血奋战的英雄，仍能放下身段，坦然接受法律的制裁。所以说，一个人把规则和制度装在心里的时候，就不会在意自己的身份和地位。这是一位称职的总统应有的风度，更是每个公民应该学习的风度。

登山的奥秘

美籍印度人蒙克夫·基德是一位登山家，他爱好无氧登山，曾攀登过很多高峰，能征服世界第二高峰——乔戈里峰是他最大的愿望。

1993年，蒙克夫终于实现了他的梦想，成为一百多年来登上该山峰的第一位无氧登山者，也因此获得了吉尼斯世界纪录奖项。

在颁奖现场，有很多媒体记者问他道：“6500米以上，空气稀薄，据说登山者每走一步路，都要连喘十几口气，呼吸都困难，思维也不灵敏，四肢也呆滞，那样登山无异于送命。您是怎么做到不带氧气瓶登上的呢？有什么奥秘吗？”

蒙克夫平静地说：“我认为无氧登山运动最大的障碍就是欲望，因为在山顶上，任何一个小小的杂念都会使你感觉到需要更多的氧气。要想登上顶峰，就必须学会清除杂念，脑子里面的杂念越少，你需要的氧气就越少，杂念越多，你需要的氧气就越多！在空气极度稀薄的情况下，为了登上峰顶，为了使四肢获得更多的氧气，就必须学会排除一切的欲望和杂念！这就是无氧登山的奥秘……”

登山如此，人生亦然。一旦人头脑里充斥着太多的欲望和贪念，便会成为前行道路上的负累,导致离目标越来越远。而如果抛却杂念,脚踏实地,专注做眼前的事,往往能稳中求胜,成功抵达胜利的终点。

等餐位的总统

托马斯·杰弗逊是美国第三任总统,他在宣誓就职的前一天晚上,为了将第二天的就职演讲内容表现得更完美一些,很晚才睡觉。第二天早晨醒来时,他发现时间有点紧,匆忙穿上衣服,来不及吃早餐,就赶往就职典礼现场。

由于杰弗逊准备得很充分,每一个细节都注意到了,就职演讲很成功。他侃侃而谈,将自己的施政纲领说得头头是道,尤其是民主制度方面,得到了台下一阵阵掌声。

仪式结束后,快到中午了,杰弗逊肚子饿得咕咕叫,可是还有好几位听众围着他提问题,他实在走不开。当他回答完来到餐厅门口时,发现所有的就餐位都有人。在场的人没有一个站起来把座位让给他,杰弗逊的助手暗自着急,心想:“怎么没有人主动给总统让位置呢,太没有眼力了……”杰弗逊却一脸淡然,站在那里看着大家就餐。

终于,有一位参议员的夫人站起来说:“总统先生,请您坐在这里就餐吧!”“谢谢您,我等有空位了再说。”杰弗逊拒绝了。直到有人就餐完毕走出餐厅,杰弗逊才找到位置坐了下来。

回到住处，助手耿耿于怀地说道：“这些人连总统都不放在眼里，以后您还怎么发号施令啊？”杰弗逊微微一笑道：“你怎么忘了这里就餐的原则：先来先就餐。我和大家是平等的，总统也不能例外，我在就职典礼上讲了那么多民主内容，难道刚刚一小会儿的工夫，我就要自毁其说吗？”助手听后，惭愧地低下了头。

言行如一是一种高尚的风范。杰弗逊本可以利用总统的权威获得座位，但是他没有这样做，体现了一国之首的魅力和魄力。语言是叶，行动才是果，再华丽的语言也抵不上切实的行动。

记住房间号的蚊子

一天，马克·吐温到芝加哥办事，返回时天已很晚，只好借宿到一家旅店。他想好好休息一下，第二天还要到另一个城市讲课。

因是盛夏，天气炎热，蚊子叮咬厉害。在服务台登记房间时，恰好一只蚊子飞了过来，马克·吐温非常懊恼，心想："这让我晚上怎么睡觉啊！旅馆的条件也太差了。"但他却一脸微笑地对服务员说："你们这里的蚊子真聪明，竟然会预先来看好我的房间号码，想趁着夜晚来临，饱餐一顿。"

服务员一听，禁不住哈哈大笑起来，说："我们这里的一切都很好客，就连蚊子也在打听您的房间号码，以便登门造访呢……"

吃过晚饭，马克·吐温回到房间时，发现被子叠得整整齐齐，物品摆放得规规矩矩，房间里飘着一股清香味道。躺在床上的马克·吐温一小会儿工夫就进入了梦乡，一觉睡到大天亮。

原来，经过马克·吐温的"提醒"，服务员记住了房间号码，事先已做好了一切该做的事情。

机智的马克·吐温用幽默的方式巧妙地提醒了服务员，这样做不仅没有使双方尴尬，还让关系更融洽和谐了。

一张稿纸只写一行字

莫泊桑从小就爱写诗，到中学时，已经写了很多作品，可是没有发表一篇。于是，他决定改变写作方向，拜比自己大三十多岁的福楼拜为师，学习写小说。

福楼拜非常认真，从情节构思、语言锤炼到人物形象塑造，细到每一个标点符号的运用，均对莫泊桑做了细致的讲解。第一次授课结束后，莫泊桑花费了两个晚上，写了一篇短小说，满满三页稿纸，他自我感觉不错，一切都是按照老师讲解的套路进行的。当他很得意地将作品呈给老师看时，却遭到了福楼拜的批评。

福楼拜说："我在看之前就可以断言，写得不好。在看过一眼后，更确定不好……"莫泊桑莫名其妙地问道："老师没有细看，怎么可以确定呢？"

"这么短的时间，考虑一定不成熟。再看你的内容，三页稿纸上密密麻麻，几乎没有一丝缝隙，连修改的地方都没有。"福楼拜很严肃地对他说道。

接着，福楼拜将莫泊桑带到自己的书房，拿出自己写过的小说草稿。莫泊桑一看惊呆了：每张十行的稿纸，只有第一行上写有铅笔字，其余九行均保持空白！他不解地问老师道："您这样写，难道不浪费稿纸吗？"

福楼拜微微一笑道："亲爱的，我一直是这样的习惯，一张稿纸只写第一行，而其余九行留着修改用，难道不好吗？你曾写过很多作品，没发表的很大原因就是急于求成。留下空白去修改，就是留下想象的时间和空间，因为好作品是需要经过时间沉淀的。"莫泊桑谨记老师教诲，每一部作品都千锤百炼，最终成为法国著名的小说家。

主动放弃的奖牌

2015年12月20日，西班牙正在举行一场环城自行车赛。报名参赛的选手很多，伊斯梅尔·埃斯特万就是其中之一。

比赛开始后，埃斯特万犹如离弦之箭疾驰而过，一直处于第三名位置。后面的选手奥古斯汀·纳瓦罗紧追不放，始终无法超越埃斯特万。赛程过大半后，他们四位选手已远远将其他选手抛在身后，结果基本定局，奖牌就在他们四人当中产生。埃斯特万拼尽全力要超越前面两位选手。然而，就在距离终点还有300米的时候，“嗵”的一声闷响，他的车胎爆了！埃斯特万遗憾地摇摇头，别说问鼎冠军，连奖牌也无缘了。

看到突然出现这种情况，路边摇旗呐喊的人也一下子停了下来。然而，所有人都没有想到，埃斯特万紧接着却扛起自行车向终点跑去！这对他后面的选手纳瓦罗来说，是一个绝佳的超越机会。可是纳瓦罗的做法更令观众意外和不可思议，他不仅没有向前冲去，反而刹车放缓了速度，慢慢地跟随在埃斯特万身后，直到埃斯特万走过终点。道路两旁的观众为纳瓦罗的举动欢呼鼓掌不已。最终，埃斯特万获得这次比赛的铜牌。

当有人问及纳瓦罗这样做的原因时，他说道："一切正常的话，按实力我肯定是超越不过他。在快到终点的时候去超越一个爆胎的对手，这样的取胜，不仅不道德，更是对竞争对手的不尊重。"

主动放弃获奖的机会，显示了纳瓦罗宽广的胸怀和境界。失去的是奖牌，赢得的却是全世界的嘉奖，虽败犹荣。

作业本上的镜头特写

2002年10月23日，凤凰卫视总裁办公室接到一名员工的电话，随后又收到了他发来的简历传真。原来，当天俄罗斯发生了一场震惊世界的人质事件。五十多名车臣蒙面武装匪徒在莫斯科东南部劫持了八百多名观众，他们向当局发出最后通牒，要求俄军全部撤出车臣。面对这个爆炸性新闻，这名新加入凤凰的员工主动提出亲赴一线。

总裁当即任命他为凤凰卫视特约记者，全权负责报道此事。虽然他只是新闻干事出身，但总裁看到其发回的惊险镜头和详细报道，语言和角度都很到位，表示非常满意。三天之内，他从“特约记者”到“记者”，再到“首席记者”连升三级。同事们在认可他的同时，更对他的勇敢深表钦佩。

他就是凤凰卫视著名记者卢宇光。

那次，卢宇光在别斯兰人质危机进行现场报道，现场到处散落着被害儿童的作业本和鞋子。一名资深记者到现场后，马上对着镜头举起了一个名叫“安德烈”的男孩的作业本让他看，对他说：“你看到这上面的内容了吗？”

卢宇光看了一下，摇了一下头，觉得没有什么。

那名资深记者对他说道：“其实，这里面大有文章，你看，作业本上贴着卡通人物画，还有做错的算术题：9-2=4。如果咱们对这个作业本来个镜头特写，用孩子的天真无邪，不是更能反衬恐怖分子的凶残吗？作为一名记者，尤其面临这样的采访报道环境，除了我们的勇敢外，还要发现并充分利用现场的任何一个细节，用细节的力量来增强新闻的震撼力……”

卢宇光听后连连点头。在以后的现场报道中，注重每一个细微之处。用小小的细节，大大的镜头，延伸新闻的长度和宽度，给观众一个更理性、全面、深入的报道。

“心有猛虎，细嗅蔷薇”，新闻媒体人不仅要有纵观世事格局的头脑，更要有着观察入微的目光。正是那份细致入微才更能鲜明体现内心的强大。孩子在作业本上稚嫩的笔迹，与恐怖主义惨无人道的暴行形成鲜明的对比，而这仅仅只需要一个大大的特写镜头，便能体现得淋漓尽致。这正是细节的魅力所在。

给别人一次机会

比尔·克林顿小时候智商很高，读小学的时候，老师往往刚提出一个问题，他就能快速而准确地回答出来。老师惊讶，同学羡慕。每学期结束，当他拿着全A的成绩单跑到爸妈面前时，总能得到一番夸奖。

七年级最后一个学期结束，当他兴奋地从老师手里接过成绩单时，原本灿烂的脸上瞬间僵化。回到家里，妈妈看他垂头丧气的样子，奇怪地问道："脸色这么难看，和同学闹矛盾了？"年幼的克林顿摇了摇头。

"老师批评你了？"克林顿再次摇摇头。

"你的成绩单呢？"妈妈紧追不放地问道。

当克林顿将皱巴巴的成绩单拿出来给妈妈看时，妈妈说："考得不错啊！只有行为课这一科是D，怎么回事？肯定是和同学们闹矛盾了，要不就是顶撞老师了……"

"这些都没有，我也不知道因为什么。"克林顿委屈地回答着。

偏执的妈妈拉着儿子来到学校，找到克林顿的班主任问道："孩子是不是在课堂上捣乱或是顶撞老师了？"老师知道她的来意后笑了，对她说："孩子非常聪明，学习也很用功，但是，每次老师提问，克林顿都是抢着回答……”

“抢着回答不好吗？”妈妈不解地问。

“这样对其他同学太不公平，每次他都这样抢着回答，别人根本没有机会，慢慢地，我发现只要他一回答，其他同学都不吭声了，课堂成了他和老师两个人的一问一答。我这次给他打D这个分数，就是给他一个提醒，做任何事，都不要将风头抢尽。给别人一次机会，学会分享，才是每个人成长中必须学会的……”克林顿听后若有所思，在以后的求学生涯里，时时注意自己的言行。

即使后来坐上了总统宝座，克林顿依然记得当年老师的教诲：给别人一次机会。执政期间的他，积极颁布教育文件和法律，在经费上予以补助，扩大奖学金覆盖面。他经常在演讲中说的一句话就是：“给一个人最高的奖赏是什么？是一把开启未来大门的钥匙，这把钥匙就是让更多的人掌握知识，从而获得更多的机会。”

一个人不能只考虑自己，那样叫作自私。在我们的生活里，常常需要考虑到别人的感受，顾全大局，才能营造更加有利于学习的环境。一代总统的优秀之处不仅在于他自己的能力，还在于他拥有一颗顾全大局，追求平等的心。

象棋里的机会

1815年6月，拿破仑在滑铁卢战役中再次兵败，为了杜绝拿破仑任何反击的可能，反法同盟为他安排了终老之地，位于南大西洋的神秘小岛——圣赫勒拿岛。按照规定，他可以带3名官员、1名医生和12名仆从。于是，他挑选了三位伯爵和一名将军随行。

圣赫勒拿岛与非洲大陆隔海相望，与外界接触的唯一交通方式就是船舶，可谓是一个天然监狱。到达岛上后，拿破仑被安排在龙坞德庄园。那天，拉斯加斯伯爵提出和他一起下棋，拿破仑说："我们下国际象棋吧，刚想起来，在我来岛上时，有位朋友曾送我一副国际象棋呢！"于是，两人摆起棋盘，准备对弈。

突然，拉斯加斯发现一个白色棋子底座不太稳定。拿起来仔细一看，底座上有个小孔，孔口处粗糙的附着物导致棋子有点倾斜。拉斯加斯很惊讶！谁送你的象棋，这样的质量能行吗？拿破仑仔细一看，确实有个小孔，顺着孔眼能隐约看到里面好像有什么东西。拉斯加斯伯爵来了兴趣，找来一枚细小的镊子，慢慢向里面探，一小会儿的工夫，竟然从里面拨弄出一个小纸团来。拿破仑展开纸团一看，这才明白，这是一份周密的出逃计划！拉斯加斯高兴地说：“真是天助我们，我们可以顺利出逃了……”

然而，拿破仑却很沉静，他默默地说：“我对战争已经改变了看法，也不打算逃走，这些年来战争给人们带来的灾难已经够深了，待在这个少有人来的小岛，正是我反思自己的好机会……”在接下来的日子里，拿破仑开始潜心撰写回忆录，由他口述，拉斯加斯伯爵记录并整理。

6年后，拿破仑开始立遗嘱，由蒙托隆执笔。他在遗嘱里说：“我有2亿法郎财产，其中1.8亿，一半用于曾经遭到战火蹂躏的地区和遭到反法联盟侵略的一些省市的经济建设，另一半将全部分给从1792年一直到1815年跟着我打仗的活着的每一位法国官兵的手中……”还有2000万剩余，拿破仑花了十天的时间，竭尽所能地去想每一个对自己有过帮助的人，一一记在纸上，这份长达12页的遗嘱花费了近一个月的时间才最终完成。

当拿破仑的遗嘱公诸世人后，很多人改变了对他的看法，就连他曾经的敌人都无比钦佩。他对自己财产的分配、对战争的反思，让人们看到了一个军事奇才的另一种胸怀。

曾国藩妙解“诚”字

李鸿章是曾国藩的学生，后来在其手下做幕僚。李鸿章非常聪明，提出的很多点子都让曾国藩佩服不已，很快就受到了器重。渐渐地，李鸿章滋生了傲气。晚上熬夜写东西，早上起床很晚。可是曾国藩治军严谨，规定所有将士五点钟起床操练，即使幕僚也不例外。李鸿章很讨厌这种做法，于是，他经常撒谎，随便找点理由、能拖就拖。

这天早上，李鸿章醒来后发现已经错过上班时间，也没有请假，索性就不起床了。哪知一会儿下属来报告：曾大帅派人来请您一起吃早饭呢！李鸿章一听，说道：“我偶感风寒，有点不舒服，告诉大帅我不能参加了。”刚准备再睡个回笼觉，下属又报告道：“曾大帅又派人来请了，还说不去齐就不开饭。”李鸿章心里暗自思忖：看来不去是不行了，吃个饭有这么麻烦吗？

当他来到校场食堂的时候，看到大家都已到齐，只剩下自己一人。以为曾国藩一定会对他大骂一通，哪料想刚一进门，曾国藩就说：“开饭！”然后大家闷头开吃，曾国藩平常吃饭时，喜欢一边吃饭一边聊天说笑。这次他不吭声，其他人谁也不敢做声，都以为一场暴风雨即将来临，谁知整个吃饭过程寂静一片。饭毕，曾国藩令手下拿出一幅字，上书一个大大的“诚”字。然后对李鸿章说：“这个字很简单，由‘言’和‘成’组成，我一直把它理解为说话和做事的组合，如果言不由衷、谎话连篇，如何做成事？君子最重要的是诚，要做到诚，最应防范的是傲与惰。一个人傲气太重，特立独行，就听不到别人发自肺腑的真诚话。知道该做的事，却总在找理由搪塞，这就是惰。很多人因惰而失诚，因此，要治傲与惰，得守一个诚字。”

李鸿章越听脸越红，曾国藩却一脸和悦，继续对他说：“少荃，你来这里已有一段时日了，你的才华固然为人称道，但是你可曾想过自己早已被傲气蒙蔽了双眼？”李鸿章顿然悔悟，一脸羞愧地说：“老师教训的是，学生必当谨记于心，再也不会做出此等傲慢懒惰之事。”

面对下属犯错，曾国藩没有采取疾风骤雨式的批评，而是和声细语地对“诚”字进行一番妙解。委婉地警示学生，不仅体现了曾国藩的宽容，也成功地纠正了李鸿章睡懒觉的毛病，更让他有了明确的奋斗目标。

一颗19年前的子弹

1811年英美战争期间，英军不足两万人，美国西部的印第安部落纷纷加入英军阵营与美对抗，导致美军节节败退。美军少将安德鲁·杰克逊对黑人恨得咬牙切齿。

一天拂晓，他率领1000人马偷袭位于蒂普卡努湾的印第安人大本营。尽管这些西部牛仔们战斗力很强，终因武器落后被杰克逊俘虏。

对黑人充满了鄙视和愤怒的杰克逊准备将他们统统枪毙。当他来到这群黑人面前时，一名俘虏正用轻蔑的目光冲他喊道："你是杰克逊吧！我叫本顿，听说你枪法很准，你敢和我赌一把吗？咱们两个单独持枪决斗，我失败，我们这帮人随便你怎么处置，如果你失败了，就全部放我们走……"杰克逊不由得被这个男子的勇气所吸引，他脸上带着冷笑说道："你们黑人耍大刀长矛可以，这些先进的武器恐怕不是你们所能驾驭的吧？既然你这样说，我倒要见识见识，好的，就按你说的规则来！"说完，递给了本顿一把手枪，杰克逊胜券在握地等着应招。

但杰克逊大意了，他以为这种美军新式手枪，黑人连子弹上膛都不会。哪知道他刚把枪口瞄准，"啪"的一声，一枚子弹击中了他的左臂，瞬间鲜血直流。杰克逊震惊了，他没料到黑人的枪法也这么准！真的不容小觑。一种钦佩之情油然而生，当着属下和众多黑人俘虏已经表明了态度，杰克逊已无法反悔。

他对手下人说："他赢了，给他们松绑放行。"俘虏群中不少人小声嘀咕道："不会是骗我们的吧？"直到他们消失得无影无踪，杰克逊也没有下令去追。

1832年，杰克逊蝉联美国总统。就职晚宴上，有众多"西部牛仔"前往白宫庆祝。杰克逊在台上做演讲，讲到兴奋处，他举起胳膊，指着上面的一个小肿块说道："这里面有一样东西，是一位朋友19年前送我的礼物，我想找到他……"

晚宴结束后，一位中年男子走到杰克逊面前说："老朋友，谢谢你还记得我，我就是当年的本顿。"杰克逊听后一愣，随即两人拥抱在一起。

原来，当年由于战事紧，杰克逊只做了简单包扎，他的伤口很快愈合，并无痛感，子弹就一直没有取出，而此时的本顿早已成了杰克逊的热情支持者。

杰克逊说："这颗子弹跟随了我19年，待我取出后归还给你。谢谢你的这颗子弹，它时刻提醒着我平等善待每一个人，无论何种肤色，因为任何人都是平等的。"本顿则很诚恳地说道："按照美国法律规定，遗失物或被抛弃物的追索时间为20年，你已保管19年，鉴于你对子弹的特别照管，并且一直随身携带，因此，我可以放弃这一年，子弹所有权归你了。当年你没有为自己的决定反悔，是一个诚信的人，这件事让所有的西部牛仔们改变了对你的看法。"

枪与子弹穿透的不仅是清醒的肉身，更穿透了人类歧视的堡垒，一颗保存19年的子弹，让我们看到了"平等"二字的真正力量。而杰克逊的言而有信也为自己的竞选拉得了更多的选票,获得了众多人的拥戴。一颗 19 年前的子弹让人们看到,平等与诚信都是人类道德花园里盛开的最美花朵。

· 韦尔奇的小纸条

韦尔奇是通用电气史上最年轻的董事长、首席执行官。他上任后开始倡导群策群力活动，让所有员工与上司聚在一起提建议、做策划。

一次，一位名叫杰克的中层主管第一次到总部在韦尔奇面前主持简报，紧张得两腿颤抖不已。看到韦尔奇和其他高层领导的微笑，杰克索性坦白道："我必须做好。在出门时，我太太就跟我说，如果这次简报砸了锅，你就不要回来了。"韦尔奇和周围的人听后哈哈大笑，杰克瞬间放松了下来，简报做得很成功。结束后，韦尔奇对杰克说："下午到我办公室一趟。"杰克心中忐忑不安：一定是哪里出错了！走进办公室，韦尔奇正在翻弄一沓小纸条，看到杰克进来，便起身将一瓶香槟和一束红玫瑰递给他，微微一笑道："你今天的表现非常棒！这是送给你太太的，回去吧，她在家正等你呢。"

直到坐在回程的飞机上，杰克才发现那束玫瑰上有张小纸条。上面写道："感谢你对公司的支持，你先生的简报非常成功，我们非常抱歉，害得他几个星期忙得一塌糊涂。"杰克看后感动不已，在以后的工作中更加卖力了。

原来，自从对公司实施改革以来，韦尔奇养成了一个习惯：不管是基层经理还是普通员工，每次谈话的内容，他都会用本子细心记下来。最后，总不忘随手递一些便条，表达对员工的鼓励和看法。担任通用总裁20年间，他能喊出一千多位管理人员的名字，没有人知道他写过多少纸条，但每个人都知道，韦尔奇的小纸条是他们最期待的，不论是鼓励还是批评。

任继愈撤题词

任继愈是我国著名哲学家、宗教学家、历史学家，1987年担任国家图书馆馆长。他担任馆长期间，非常注重图书馆的办馆方向，使得国家图书馆成为全世界国家图书馆中到馆读者最多，服务面最广的图书馆。

每年年底，馆里都要举行全馆员工大会，任先生总要根据不同的主题来讲话。有一年，大家在年会上提到图书馆的服务，任继愈就在讲话中说："大家都能看到馆里博士论文阅览厅墙上镌刻的题词吧！那是赵朴初先生题写的《离骚》中的诗句，'路漫漫其修远兮，吾将上下而求索'，意思本来很好，但我每次看到，心里总感觉不是滋味……"大家一听，心里都很疑惑，不知道馆长对这句话为何如此反感。任继愈继续说道："我觉得应该将它撤掉，换成其他的句子。因为每次看到这句话，就会让人产生联想，似乎在批评我们让读者为了找一本书、一册期刊而感叹'路漫漫其修远'，为借一本书、一册期刊而上楼下楼求索无门。"所有人听后都陷入了沉思。

没多久，有位员工问任继愈道："馆长，真的要撤掉那幅题词吗？那可是赵朴初先生的亲笔啊！"任继愈哈哈笑道："我只是告诉大家去思考一个问题,我国的图书馆事业该如何发展。我们国家图书馆藏书多、读者多,可是地方图书馆发展不行啊！我希望多建一些社区图书馆,让那些本来应该在社区图书馆接受服务的读者免去舟车之劳,不要仅仅是为了一本普通的图书、一本常见的期刊而都'挤'到国家图书馆来,既为普通公众提供方便,也为国家图书馆'减负',让国家图书馆集中精力更好地履行国家图书馆的职能。"

员工听后,一种敬佩之情油然而生,不仅为其高度的责任感,更为他高屋建瓴的远见卓识。后来,任继愈在各种场合,通过各种机会呼吁国家和各级政府加大对图书馆事业的重视和投入,为我国图书馆事业的发展做出了极大的贡献。

武则天撮合两位相国

狄仁杰与娄师德同年，均年纪轻轻就步入仕途，后同在武则天跟前做相国。由于政见不同，两人经常发生冲突。狄仁杰对娄师德非常排斥，只要逮着机会，就会在武则天面前说对方的坏话。

一次，狄仁杰因头一天就南蛮问题与娄师德争执后，找到武则天诉苦，并含沙射影地指责对方的种种不是。武则天听后带他来到一间阁楼内，对他说：“这里面都是我批阅过的奏折，你能从里面找到我马上要看的吗？”狄仁杰一听蒙了。看到他犹豫的神色，武则天走到柜子前顺手抽出了几本，说：“这就是我将要看的。”狄仁杰莫名其妙，不知道武则天葫芦里到底卖的什么药。武则天解释道：每天，侍从们会将皇上第二天批阅的奏折用一条黄丝线做个小记号，所以，我上去就找到了目标。

武则天问狄仁杰道：“朕重用你，可知道原因？”狄仁杰回答：“我因为文章出色和品行端正而受到重用，并不是无所作为而依靠别人。”武则天淡淡一笑，说道：“你还不知道吧，我曾经不了解你，你做了高官，全仗娄师德提拔。娄相国发现你，就像我从这些浩瀚的纸堆里找刚才那几个奏折一般。如果没有人给提前找出并系上记号，我无论如何也不会立马找到的……”说完将那些奏折递给他，并说道：“你看看这上面的内容吧！”

狄仁杰看后羞愧难当，连忙认错道：“我实在不该对娄公如此做法，没想到我一直被他所容忍着，太伤他的心了……”原来，这些全是娄师德举荐狄仁杰的奏折。

一出宫，狄仁杰就直奔娄府，一躬到底，为自己的打小报告行为深深谢罪。自此，两位相国相善如初，尽心尽力、鞠躬尽瘁，共同为辅佐武后立下了不朽功勋。

把足球抱进球门

这是全英中学生足球大赛的最后一场资格赛，私立名校拉格比中学和巴德明顿中学之间展开了激烈的争夺。

两所学校的球队实力相当，比分也一直在拉平。离比赛结束只剩下十分钟的时间，格拉比中学暂时落后2分，领队教练约翰亮起了暂停牌，将一名16岁男孩换上了场。

男孩上场后，内心只有一个念头："一定要把比分拉上去！要想让我们学校获胜，就必须在几秒钟内将足球踢进对方的球门。"心里不停地告诉自己。终于，在最后一分钟的时间里，机会来了，对方球员起脚一记劲射，很好的一个弧线球被一同学拦住后发生侧转，看到滚到自己身边的足球，男孩忘记了一切规则，抱起球拼尽全力跑向对方球门！看到此种情况，满场观众一片惊讶声，裁判和选手们一时间全变得手足无措呆若木鸡，眼睁睁地望着男孩欢呼雀跃的样子。但很快，人们就被男孩这种为学校集体荣誉而忘记规则的举动所感动，并变得兴奋而激动起来，观众们全体起立，对他报以长久而热烈的掌声。

男孩回到教练身边，眼泪都快掉下来了，他愧疚地对约翰说道："我满心只想着咱们学校快点获胜，抱起球就忘掉了一切，都怪我……”约翰拍了拍他的肩膀说道：“应该怪我，我知道你最近才爱上足球，经验虽不足，拼劲却极强，我就是想利用你的冲劲将比分扳平，虽然我们失败了，但你这种为集体荣誉而战的精神真的可嘉，观众们的掌声就是给我们最大的犒赏！”

回到学校后，学校的老师们对男孩的犯规行为同样不予斥责，反而大加赞赏推崇。男孩一直在想：“如果真的有一种球赛，既能用脚踢又可以用身体其他部位接触该多好！”在接下来的日子里，他召集来一帮小伙伴们，在一块儿商量一种足球新的游戏规则，每当他们一块儿踢足球的时候，就会采取这种新玩法。随后，效仿的人越来越多，从格拉比学校传到了全英及全世界，一项新的体育运动从此诞生。这就是橄榄球比赛，这个人就是韦伯·埃里斯。

为了集体荣誉，韦伯达到了无我境地，眼里毫无规则，观众及周围人被他的精神所打动，他无视规则的一面被完全包容。而正是这种包容，给了韦伯踏破旧式规则藩篱、推陈出新的勇气，创造了一种新颖的运动方式。

第五辑

你知道三百页以后的故事吗

每个人都会遇到人生的低谷，在困境面前难免会有一时的摇摆和一丝的妥协。但是，困难是暂时的，妥协也是一时的，人生的精彩也许就在你传记的 300 页以后。只有将妥协踩在脚下，转向正确的道路，一步一个脚印，才会走出自己浓墨重彩的未来。

白衬衣上的墨汁就是证据

他出生在印度奥德纳格尔镇，是家里第三个孩子。父亲在火车站摆摊卖茶、母亲打理着一家药店，为了一家人的生活，父母起早贪黑地工作。他很懂事，一放学，写完作业就帮父母做家务，学习成绩一直在班上遥遥领先。

一个周末，因有事耽搁，放学后他很晚才回家。就在匆忙往家赶的路上，他听到一阵吵闹声，看到几名男孩撕扯在一起，4个大男孩正欺负一个小男孩。想拉开，却无从下手，只能在四周绕来绕去。最后，他大声喝止道："停下手来，不要这样！"一句话转移了四名男孩的注意力，男孩们对他威胁道："你想挨揍？……"几个人说着就逼近他身边，刹那间，他从怀里掏出一样东西，对着几名男孩一一点向他们，并喝道："你、你，还有你，以大欺小，以众欺寡，算什么本事！……"几名男孩望着他手里的"利器"，不敢再贸然近前。此时，小男孩早已没了踪影，看到小男孩已脱离危险，他转身疾走。

新的一周开始，刚到学校不一会儿他就被老师喊到办公室。小男孩看到他就说："就是他，是他找人打的我……"他一下子蒙了，明明帮人解了难，自己倒成了罪魁祸首！可对方一口咬定就是他，连老师也不知道谁说的真假。老师和蔼地对他说道：“我相信不是你，但是你怎样才能证明自己没有参与呢？”他对老师说道：“我已经明白了，但确实不知道那几名男生都是谁，不过，我想等学生集会的时候应该可以给自己一个证明！”老师点头答应。

周一是全体学生集合训诲的日子，学生们站齐后，他很快在队伍后面找到了那几名男生。经过老师盘查询问，才知道了事情的来龙去脉。

原来，他的好成绩让那些富家子弟由嫉妒发展到仇恨，因为每当老师批评这些学习不好还捣乱的孩子的时候，总要拿他来作对比，纨绔子弟们一直在找泄私愤的机会。最后找了几名高年级的男孩来了一场双簧陷害他。但万万没想到的是，他在当初无从下手解救的时候，拔出钢笔帽，悄悄在4名男孩的白衬衣上滴上了墨汁。而学生集会的时候，白衬衣是学生必须穿的正装，所以，他很快就找到了目标。

他就是少年印度总理莫迪。

因为当初光线暗，看不清面孔，为了获得证据，留下记号，方便识别歹徒身份，莫迪灵机一动，想到了随身带的墨水笔。事后，几名男孩望着各自衣服上的墨汁，惭愧地低下了头，那些雇人闹事的富家子弟也得到了应有的惩罚。

当一个人遭到误解、陷害和不公正的遭遇时，多余的解释并不能改变事情的现状。唯有拿出有力的事实依据，才可获得主动权。少年莫迪机智巧妙地改变了自己的处境，他的临危不惧、未雨绸缪这些特质的具备，或许是他最终成为国家领袖的原因之一。

从差评中找到适宜自己的土壤

他出生于柯尼斯堡一个律师家庭，父母对他要求极严，制定的规矩也很多。为了让儿子得到最好的发展，父母曾尝试着给他设计了很多道路，但有一条原则从不违背，就是孩子不喜欢的事情决不强迫着去做。

读中学的时候，母亲发现儿子课余时间喜欢读文学书籍，就不断地带他到文学馆感受其中的氛围，还给儿子买来很多这方面的书籍进行熏陶。哪知道儿子的成绩并不很理想，母亲就找到老师，问孩子在学校的表现并谈及自己对儿子的期望。老师说："搞文学既需要有热情，更需要天赋和语言感受力等多方面的素质，你儿子非常用功，但是太拘泥了，这样的人即使有着非常完美的品德，在文学上也不会有所建树的。"母亲没有将老师的话放在心上，为了不影响儿子的学习，在一次午饭时，母亲试探着说："老师说你学习非常努力，是个踏实的学生，如果觉得学得枯燥的话，咱们可以选修一门其他课程……"他听了母亲的话后说："我想学油画！"父母听从了他的意见，让他开始学习油画。但令人失望的是，期末考试时，他的油画成绩依然倒数！老师说，他既不善于构图，又不会润色，对艺术的理解力也不强，并且给了他最差的评语：在绘画艺术上是不可造就之才。

拿着儿子的成绩单，望着上面各科老师写的评语，瞅着儿子回家时那沮丧的眼神，父母内心虽然糟糕极了，脸上却笑意盈盈。母亲对儿子说："别泄气！老师一直在夸你学习用功，你一定能行！"一番话说得他脸上露出了自信的笑容。经过不懈努力，几年后，他考进了格丁根大学攻读文学。可是读了刚两年就提出换专业，父母和老师都很惊奇，并警告他认真考虑，谨慎决定，文科转理科学习可是要花费很大功夫的！他坚持自己的选择，最终师从韦勒开始攻读化学，后来在有机化学、人造香料和合成树脂等领域做出了的巨大成就。

他就是荣获1910年诺贝尔化学奖的德国化学家奥托·瓦拉赫。多年后，提及自己弃文从理的经历，瓦拉赫就说："当初老师们给我的评语几乎都是不可能，但化学老师的一句话在那么多的差评中显得倍加珍贵，成了我前进的动力，引起了我对化学的极大兴趣……"

原来，在众多老师的评语中，只有化学老师这样说：你做事认真，一丝不苟，具备做化学实验的品质，相信将来你一定会在这方面取得成就的。

"深处种菱浅种稻，不深不浅种荷花"，世上没有一无是处的人，只要找到适宜自己的土壤，开发潜能，发挥聪明才智，就一定能成才。因为，因地制宜，适合的才是最好的。

一次完美的“骗演”

在20世纪30年代初的德国小城马尔姆，有一场募捐性质的音乐会即将举行。演出海报上说，这是一场高规格的音乐会，对当时的居民来说，这简直是最奢侈不过的事情，因此，很多人都非常珍视这次看演出的机会。

海报提前半月贴了出去，不到三天时间，票就被抢购一空。正式的演出开始后，效果出奇的好，许多观众赞叹这是一个专业的高水平乐团，尤其是乐队指挥，简直指挥得天衣无缝。音乐会结束时，组织者吉尔森站在舞台中央向所有观众深深举了一躬，连着说了三声对不起！观众们惊讶无比，当吉尔森说明原因后，台下响起了阵阵掌声。

原来，节目里有一个贝多芬的《庄严弥撒》，这是一个高难度的作品，一般的乐队很难演奏。这么多人购票，都是冲着这个节目来的。吉尔森欺骗了所有的观众，这次演出的人员都是业余的，乐队指挥也是临时找的人。

当初，海报刚贴出，就有知情人士向吉尔森提醒：“你应该在海报上说明这场音乐会的乐队水准，不然就是在欺骗观众，用一个业余的团队来演奏名作，观众们一定说你亵渎大师！现在更换一下内容还不晚……”

就在吉尔森犹豫不决的时候，一名年轻人找到他说：“我可以做这次演出的乐队指挥吗？相信我，不会让观众失望的……”望着信心满满的年轻人，经过简单测试后，吉尔森答应了他的请求。

年轻人很快就投入到了演出的筹备中，首先带着由业余演奏者组成的管弦乐队逐小节地磨合排练，又不厌其烦地教授业余合唱团员们在演唱中如何做到合理地换气以保证演唱过程的顺畅。排练的最后两天，他以高标准要求乐队和合唱团在合练中达到浑然一体，而在排练结束，一般团员们回家后，他还同乐队各声部的首席、合唱团的声部首席一同就演出中的细节进行最后的探讨和演练，忙到深夜。

这个年轻人也一下子名气大振，他就是后来名满天下的爱乐乐团常任指挥卡拉扬，而当时的他正处于事业的上升期，很多人并不认识他。

提及这次演出，有人问卡拉扬：“都说这是一次骗演，你觉得呢？”卡拉扬平静地说：“我没有考虑那么多，我想到的这是一场爱心上演，观众们买一张票就是在献一份爱心，况且演奏大师的作品需要怀着敬畏的心去投入，只要用心演奏就是奉献爱心。如果真要从自己的角度考虑的话，那就是，我有将乐队指挥好的能力，我就应该竭尽全力尽到这份责任！”

再高水准的乐团，如果指挥不当，工作懈怠，才真的是对大师作品的亵渎，对观众的不负责任。正是因一丝不苟的认真态度和强烈的责任心促成了这次完美演出，也注定了卡拉扬的声名大噪。

不了解，不评论

他出生于美国得克萨斯州的一个贫苦家庭，父亲事业失败破产，家中弟兄7人全靠母亲的收入供养，他从很小的时候开始，不是打零工就得帮母亲干活。由于家里太穷，一件衣服老大穿过老二穿，班上有钱的同学常讥笑他衣着邋遢。他内心极度反感却无法释放，总是强压怒火，一个人默默地跑到足球场踢球。

有一天，好友兴冲冲地递来一张告示，是军校的招生简章。他脸色暗淡下来，情绪低落地说："你报吧！我不想。""考军校是公费，还有机会踢足球。"在朋友的极力撺掇下，他尝试报考，并成了西点军校的一名学员。

西点学员入校后，要接受一项被称为"兽营"的、为期八周的残酷训练。训练第一周，一位名叫艾科的同学就引起了他的注意。艾科太注重自己的形象了，头发抹得油光发亮，就连课间休息时，也要摘下帽子打理打理，有时甚至还拿出个小镜子照来照去。"如此残酷的环境，竟有闲情干这些？富家子弟就会变着花样糟蹋爹娘的血汗钱……"读中学时同学们讥笑他的那一幕早已在心中结了痂，在他看来，这些爱臭美的“公子哥”就是空架子、臭皮囊！越是反感，他越是更加关注艾科，逮着机会就对其冷嘲热讽，以满足自己有点扭曲的报复心理。

终于，在一次训练后休息时，再次被奚落的艾科忍无可忍，他反击道：“请闭上你的嘴，一个人注重自己的形象难道有错吗？你嘲讽的语言曾让我视自己为异类，但是，我依然要这样做，知道为什么吗？因为我的父亲是名普通的理发师，用一把剪刀养活了我们全家人。虽然父亲已去世3年，可他给我设计的发型我一直保持着，对别人来说这也许不值一提，但对我们全家来说，他的功劳值得我用每一束发梢来炫耀……”听了艾科的话，他惊愕不已，为自己的行为感到深深自责。

他就是美国前任总统艾森豪威尔。一直到晚年，每当提到这件事，他还是会深感痛悔。不了解，不评论。在对别人一无所知或只是一知半解的情况下，妄自苛责他们，只会给两段人生都留下伤痕。

你知道三百页以后的故事吗

他出生在纽约，一家人住在布鲁克林的林登小区，那里是纽约最糟糕的廉租房区，是人们眼中的贫民窟。他的父亲是邮件分拣员，母亲是一家防盗警报公司的接待员，全家人的日子过得紧巴巴的。

作为长子，他7岁开始帮父母做家务，照顾弟弟妹妹。13岁时，他开始想办法赚钱。那年，纽约举办全美篮球赛，他到现场卖苏打饮料。虽然每杯饮料只能赚75美分，且又累又热，但他还是坚持了下来。

他为自己定下的目标是一定要走出布鲁克林。16岁时，他参加了大学入学考试，并成功申请到哈佛的奖学金。初入哈佛，强手如林，他曾彷徨过，但他很快告诫自己：想成功，唯有苦读、努力。

8年后，哈佛法学博士毕业的他成为纽约一家律师事务所的税务律师。虽然留给老板的印象是有胆识、有魄力、有智慧，然而，他对这份工作并不是十分喜好。没多久，他就染上了赌博的恶习，并且沉醉其中不能自拔，曾经的锐气荡然无存。很快，他得到了律师事务所的一纸解聘书。周围的人也对他抛去了冷眼，他觉得前景一片渺茫……

一天，父亲拿出一本书，对他说："孩子，这是一本传记，你看看前

50页的内容吧。”不到一个小时，他就看完了这50页。然后父亲又让他翻到300页看下。此时，父亲问他：“书中的人物在自己生命的初期，也就是前50页所描写的内容里，能知道300页以后的故事吗？他当时会知道此书描写到300页的时候他取得成功吗？以后的路谁都无法预测，要不断地使自己往正确的方向走，不要让一时的妥协成为一生妥协的借口。”父亲的话如同醍醐灌顶，让他幡然醒悟。

振作起来的他最终进入一家名为J.Aron的大宗商品交易公司做销售员，负责应对精明的交易者。很快，他就被晋升为金牌销售员。这时，发现自己兴趣和专长的他意气风发。

后来，J.Aron被高盛并购，他成了高盛的员工，并且在J.Aron公司并入高盛后的业务调整中起到了不容忽视的作用。他掌管的高盛支柱部门——固定收益商品部创造了高达1270万美元的收益。凭着一连串赫赫战绩，他在2003年12月成为高盛总裁兼首席运营官。2006年，他走上高盛集团的最高位置，他就是被誉为“华尔街最聪明的CEO”的劳尔德·贝兰克梵。

每个人都会遇到人生的低谷，在困境面前难免会有一时的摇摆和一丝的妥协。但是，困难是暂时的，妥协也是一时的，人生的精彩也许就在你传记的300页以后。只有将妥协踩在脚下，转向正确的道路，一步一个脚印，才会走出自己浓墨重彩的未来。

约稿专家的成功

他是一名随父母移居到美国的荷兰小孩，为贴补家用，读小学时就利用课余时间四处打零工。为面包店擦玻璃，每周50美分的报酬，少得令人可怜，他毫不在乎；向布鲁克林有轨电车的乘客兜售水和柠檬汁，顶着毒辣的太阳在人群中穿梭，他浑然不顾。

13岁的时候，由于家庭经济实在太窘迫，他进了西联电报公司送电报、做勤杂。他用节省下来的钱买了一套传记百科全书，并尝试给书中名人写信，由此得到了大批名人的回信，十分幸运地与这些大人物交上了朋友。一次偶然的机会，他发现香烟盒里的人物卡背面一片空白，突然想到一个办法：在上面写百字以内的传记，让人们在抽烟的同时还可以得到教育。果不其然，香烟的教育附加值让销量得到了提升，他也因这件事被人们誉为“华尔街小奇才”。

刚刚18岁，他就开始身兼两份工作，白天是西联电报公司的速记员，晚上是《布鲁克林鹰报》的编辑。经过一段时间的磨砺，他的编辑与写作水平都得到很大提高，他决定投身出版业，做一名出版商，办自己的杂志。

要在如林的杂志媒体中获得生存,没有优质的资源根本无法立足。他想到了自己那些“大人物”朋友,可是,谁会给一份刚刚起步的微型杂志供稿呢?想了很久,他决定先去说服比彻,比彻是当时很有名的牧师,不仅文章写得好,而且还是一位慈善人士。

他找到比彻说:“久仰您的大名,听说您小的时候还曾做过纤夫,是真的吗?……”他从比彻的经历问起,然后问了一些比彻做牧师以来的情况,更多的是关于慈善的话题,比彻对此很感兴趣,一一细说,娓娓道来。末了,他说道:“我现在办了一本小杂志,如果乐意的话,我想在上面开设一个关于慈善的话题专栏,请您将自己对慈善的见解写出来,每写一篇,我为慈善事业捐助100美元,如何?”对比彻来说,这是求之不得的事情,立即满口答应。随后,他如法炮制,用同样的办法得到了著名女作家路易莎·沃尔科特女士的许可,因为沃尔科特也是一位慈善人士。两位名作家的文章刊登后,引起了其他人的效仿,越来越多的名家将稿子投递来,就连美国总统本杰明、罗斯福也为其撰文,很多人称他为“约稿专家”。就这样顺利通过了出版事业的难关,并迅速打开了局面,他就是美国《妇女家庭杂志》的出版商兼主编爱德华·鲍克。

鲍克采取“专题报告”的方式,不定期选择一个话题,让作家们发表对该话题的见解。由于选择话题的角度独辟蹊径,作者讨论的内容新颖独特,引起了各个报社连篇累牍的报道,杂志销量一路攀升。鲍克借助他的杂志影响了一代又一代美国人,甚至整个美国社会。

同样是100美元,将稿费改为捐助费,移花接木,投人所好,既改变了对方的态度,又赢得了他人的注意,为自己带来了成功。

清洁杰斐逊大厦

为纪念美国第三任总统杰弗逊，罗斯福决定在华盛顿广场建一座大厦。1943 年建成后，这座高大雄伟的建筑就成了华盛顿一景。然而，没过几年，大厦昔日光彩不再，墙面出现裂纹，变得斑驳陈旧。这不仅让游客们失望，也让美国政府十分担心。于是，议会通过了一道决议，组织专家小组找原因，提出解决办法。

经过观察，专家们判断是酸雨造成的，并依此设计了很多详尽又复杂的方案，但都无法改变现状。一天，一位专家看到大厦清洁工用水冲刷墙角，恍然大悟道："怪不得墙体变成这样，你们少冲几次不就行了嘛！清洁剂对建筑物有腐蚀作用，冲的次数多了，腐蚀肯定加重。"清洁工一听马上反驳道："不行！每天冲刷两次不能少，墙角有鸟粪。"

"怎么会有这么多鸟粪？"清洁工的话引起专家的反问。

"华盛顿广场有那么多建筑，燕子怎么偏偏选择这里呢？"专家自言自语道。

清洁工随口道："燕子常来，定是这里有它们的美食啊！"

专家猛然醒悟。原来，大厦内充足的阳光才是最终的祸根！由于大厦光照面积大，窗户上的温度和周围其他环境相比略高一些，招来了许多小飞虫，小飞虫的繁殖能力很强，迅速引来觅食的蜘蛛，不肯离去的蜘蛛爬到屋外的墙面，就引来了燕子的光临。

怎样驱赶燕子？只需要给整幢大厦安上窗帘！

一个小小的改变就能解决原本需要几百万美元投入的难题，这是专家们始料不及的。遇到难题的时候，不要一味怪罪别人，关上你归罪他人的心窗，抓住问题的根源，就一定收到四两拨千斤的功效。

20欧元教科书的价值

“爸爸，我的书丢了……”科恩接到电话，明显地感觉到电话那端女儿的失望与伤心。

科恩的女儿名叫黛娜，在斯坦顿大学读大一。在荷兰，大学的教科书不强制学生购买，如果不买，可以到图书馆借阅。到了期末复习的时候，为了复习更方便，黛娜花20欧元买了一本，可就在考试前一周，不小心弄丢了。科恩接到电话就告诉女儿：“你还有选择，到图书馆借阅吧！”

隔了一天，女儿再次打来电话，图书馆已无书可借！想再买一本，科恩得知原因后，严肃地拒绝道：“你已没有选择，要么这门功课不及格，要么你另想其他门路。”

原来，每逢考试季，借书的人很多，黛娜只能预订，然而，预订书的人也不少。不巧的是，取书前的那天晚上，黛娜的室友邀她参加派对，睡觉时已经很晚了。早上昏沉沉地醒来后，才发现已超过预订时间近半个小时。抱有一丝希望的黛娜赶到后，管理员告诉她：“很遗憾，你过了约定时间，已经借给了别人……”因为，图书馆有规定，如果借书者没有按照约定时间取书，书马上会顺延给下一个预订者。黛娜最终还是空手而归。

本想着爸爸会支持自己再买一本，得到的却是这样无情的回答！黛娜难过得哭了一场。她心想："不买就不买，我想其他办法，非赌下这口气不可，这门功课一定要及格！"于是就和班上有书的同学商量，一起复习功课，同学每天借给她看两个小时。虽然最终这门功课没有考到最好，但顺利过关了。

放假回家后，科恩摆出一个"V"字形手势，向女儿表示祝贺。黛娜则一副自豪的表情说道："不要把人看扁了，我不买书，一样考试及格了。"

科恩耐心地说道："你把自己的书弄丢，是不负责任的表现；该去借书的时候，你又延误了时机，是不遵守承诺的表现。即使这门课通不过，也是你应该承担的后果。否则，以后就过不了很多人生的关口……"此时，黛娜才真正明白了爸爸的用意。

小小的一本教科书，价值只有20欧元，但对黛娜来说却是不可估量的财富，因为在她成长的道路上，这本书教会了她责任感和自律，也塑造了她优秀的人格。

军用地图上的特殊标识

1944年，太平洋战场已经进入全面反攻阶段，盟军准备对日本来一个“地毯式轰炸”。就在作战计划制订前，一位中国年轻人来到了盟军司令部，要求面见司令官。

“有什么重要的事情报告吗？先生。”盟军作战室的布朗森上校热情地问道。

“我有一个要求，请您务必答应……”年轻人说话口气不容商量。

“那看你的要求是什么？对反攻无利的要求绝对不答应。”布朗森说着也板起了面孔。

“我的要求很简单，就是轰炸之前，在军用地图上标注出日本古都——京都和奈良的建筑文物的位置，务必尽全力保护这些古迹。”

布朗森非常纳闷地问道：“你是一个中国人，难道对日军的暴行不愤恨吗？居然要求保护日本的财产，真是不可思议……”

年轻人目光坚定地说道：“怎么会不愤恨，我的故乡被摧毁，家人在逃亡中险些丧命，我的弟弟和内弟都战死沙场……”

布朗森更加不解，一个集国仇家恨于一身的人竟然倾力保护敌国的古建筑？

年轻人很平静地说道：“如果从我个人感情出发，我恨不得将整个日本夷为平地，但优秀建筑绝不是某一个民族的私有财产，它属于全世界、是人类文明和智慧的结晶，一旦炸毁，是无法补救的。”

一席话让布朗森上校对这个年轻人刮目相看，并很快报告上级，在地图上将日本所有的古建筑都标识出来。战争结束后，其他地方满目疮痍，而遍布二都的宫殿、城墙和寺院却毫发无损。

这个年轻人就是被日本后人称为“古都恩人”的梁思成。

一个心中放着世界的人，一定是一个对社会、对人类抱有极大责任感的人。

蜘蛛吐丝解困境

1794年深秋，拿破仑率领五千多人的军队进攻荷兰，将士们骁勇善战，势如破竹，直逼荷兰要塞乌德勒支城。每天，法军隆隆的炮火轰击声让荷兰军队上下人心惶惶。

就在法军即将跨越瓦尔河，攻破乌德勒支城时，突然发现城外的瓦尔河水急剧上涨起来！原来，面对强敌压境，荷兰守城将领鲍顿斯想到了一个妙招——以水为防护。在法军进攻前的一个晚上，打开了各条运河的水闸，一条条水龙像脱缰的野马奔腾咆哮，高涨的瓦尔河水让法军再也无法前进一步，一下子搅乱了拿破仑的战斗计划。通往乌德勒城区的要道和桥梁已经被荷兰军队全部炸毁，如今瓦尔河这唯一的进攻道路也不行了，拿破仑只得按兵不动，并召开紧急会议，商定下一步作战计划。

有人提议死困围城，但法军后续物资保障跟不上，无法与其硬耗下去。商量半天也没有更好的办法，拿破仑心事重重地在参谋部走来走去，最后，他宣布命令，全军撤退。法军撤退开始后，中途却又接到拿破仑命令：部队立即潜伏下来原地待命！时值深秋，夜已微寒，哪知到了半夜，寒潮突然袭来，一夜之间，瓦尔河完全封冻了。第二天一大早，拿破仑就发起了更猛烈的攻击，很快就拿下了乌德勒支城。

事后很多人问拿破仑道："你怎么突然改变主意？难道未卜先知，预料到将有寒潮来袭？"拿破仑哈哈一笑道："是蜘蛛告诉我的……"原来，拿破仑发出撤退命令，走出临时指挥参谋部那间屋子时，看到屋檐下有几只蜘蛛正忙碌地抽丝结网，拿破仑心头一惊！下午继续观察，发现蜘蛛根本没有停歇下来，仍然在忙碌。拿破仑很清楚，这不是平常的蜘蛛，而是一种游猎蜘蛛。一旦它们在角落处大量吐丝织网，预示着寒潮一定到来，游猎蜘蛛要进入冬眠状态。小小蜘蛛摆起的"八卦阵"，却成了未来天气的"预告表"，让拿破仑一下子找到了解决困境的办法。

·最高的礼遇

在美国港口城市托莱多附近，有一个俄亥俄国家空中保卫基地，士兵弗朗克在这里被各路记者围堵着。

事情要从基地办公室人员杰克说起，那天他整理文件时发现丢失了一页，上面是一些重要的数据，这是自己一时疏忽造成的，是严重的失职行为，该怎么办？当晚他在微博里很含蓄地倾诉了自己的困惑，他只是想听下网友们的建议。哪知道这条微博引发了一场媒体大战，从中嗅到报道价值的记者蜂拥而至。无法控制局面的杰克赶紧向上级如实报告，基地保卫科调出所有摄像头的记录一一对照，最后在餐厅的摄像记录里发现一名士兵行为怪异，画面显示这名士兵从“饼干桶”里拿走了一张疑似“文件”的纸张——他被锁定为嫌疑对象。

经仔细辨认，从饼干桶拿走“文件”的就是弗朗克，可是文件怎么进的饼干桶？他的意图是什么？

记者们找到了弗朗克，面对话筒，弗朗克终于开口了。恰在这时候，身边一名工作人员附在他耳边告诉他，文件找到，内部已经确认不是他拿的。而他却不慌不忙地说：“我确实从饼干桶拿走了一份文件，那是我得到的‘最高礼遇’……”

接着，他讲述了事情的真相。

那天，他去餐厅吃饭，在饼干桶拿饼干的时候，发现里面有一张纸，折叠得方方正正。他拿出来拆开一看，里面是一张20美元的纸币，那张纸是一封信，信里面写道：

亲爱的士兵叔叔您好：

当您看到我的这封信时，首先祝贺您，今天是您的幸运日，您非常幸运地获得了我敬上的20美元。其实这20美元并不是我的，那是我在停车场捡到的。捡到时候我非常激动，就像您现在一样，我本想用这笔钱买一个电子游戏，当我在餐厅看到那些穿军队制服的士兵时，我的主意改变了，我想到了在天堂的爸爸，我的爸爸也是一名士兵，为了感谢您对国家的贡献，今天的午餐费我给您付了，希望这个世界永远平安祥和。

一名美国士兵的孩子——迈勒斯·爱科特敬上

弗朗克对记者们说道："以上就是这份丢失的文件的内容，迈勒斯今年刚刚8周岁，出生才5周，爸爸就战死在了伊拉克，爸爸是一名陆军中士，他给这个孩子留下来的东西，只有一些照片、一张军官身份证、别人对爸爸的记忆以及孩子对爸爸的想象。我捡到那封信的那天，迈勒斯一个人去了基地烈士陵墓，眼里含着泪花，一边拥抱着爸爸的墓碑，一边跟爸爸诉说着当天发生的事情，还有对爸爸的思念。不论天堂上的爸爸能不能听到，迈勒斯的善举都将一直感动着我们。"弗朗克的一番话换来了周遭记者们的一片掌声。

最后，弗朗克说："这封信的价值远远不止20美元，它将指引我未来的人生，同时也希望这封信能给国人以信念和真诚！"

是啊！爱是传递的信物，只要把爱传递下去，铺就和平之路，就是全人类最高的礼遇。

最懂“生活”的人

《生活手帖》是一本日本杂志，创办于1948年。几十年来，它就像空气一样渗透进日本人的生活，尤其是青年女性，最鼎盛时期曾单期卖过100万册。然而进入新世纪，随着读者层年龄增长和阅读媒体多样化，它沦为了中老年妇女专刊。发行量锐减，公司运营艰难，改革势在必行。松浦弥太郎临危受命，出任新总编。

上任后，人们都以为他会大刀阔斧地对杂志进行大换血般的改变。然而在第一次员工会议上他就宣布：将继续坚持60年不接广告，注重读者纯粹阅读体验的传统，还要保留创刊以来的插画封面。听到这句话，大家议论纷纷，保持老面孔，还不接广告，这不等死的节奏吗？可在他宣布公司新制度后，几乎所有员工幸福得要泪崩了！即使其他公司的员工看后也会怦然心动：早上9点上班，下午5点半必须准时下班。每个工作日要参加两次茶歇，周末绝不可以加班，要安排时间陪孩子、做饭和朋友看电影。

实施新规后，员工们好像比以前更会享受生活了。每天3点的下午茶时间，所有人都会跑到小房间里，纷纷拿出自制的点心、果酱，边吃边闲聊一些最近好玩的事儿。其实，这是每天的“选题会”，大家在喝茶工夫间，选题就诞生了。选题内容不是那些新奇古怪的东西，而是教你如何为爱人料理一份可口的便当，或编织一双经典又温暖的长筒袜……

这些生活的情趣和理念给了编辑们以无限的创作灵感，带来了杂志缓慢温和地新陈代谢，注入了新的活力。他给杂志重新定位，目标人群为三四十岁女性。三年之后，单期销量上升到16万多，松浦弥太郎也因此被人们称为日本最懂生活的男人。

当有人问及成功的经验时，松浦弥太郎就会反问道：“我们是一本教会人们如何生活的杂志，如果你是编辑，你都不懂得生活，怎么让读者懂得生活？”

俗话说得好，将心比心。一个懂得将心比心的人不仅能够维持良好的人际关系，更能在事业上与时俱进。松浦弥太郎的聪明之处就在于，要想给公司注入新鲜的血液，就必须让员工们深刻融入到消费群体的生活中去。只有真正了解体会了顾客的品位和需求，才能让自家的杂志走进年轻民众的心里，重新焕发活力！松浦弥太郎这个最懂生活的男人，更懂得经营之道！

长达221年的“无意义”守护

威廉·比尔是美国密歇根州立大学的教授，一名植物学家。1879年秋天，他到乡间田地考察。雨滋润过的土地上，草与庄稼竞生，农田里到处都是农民弯腰拔草的身影。威廉心想：“除草是农作中最冗长乏味的一项体力工作，一代代农民为铲除杂草耗费了多少工夫啊！究竟要拔多少次野草，它们才会完全停止生长？”回到学校，他决定做一个实验，寻找这个困扰了他们几百年的答案。

经过一番研究，威廉发现，要真正找到问题的出口，就必须研究出植物种子到底可以在土壤里休眠多久。也就是说，这项实验必须进行到每一粒种子发芽为止，他计划用100年的时间来完成。一个黑黢黢的夜晚，已经后半夜了，所有宿舍的灯光都灭了，威廉在大学校园的小树林里开始了行动。他收集了23种植物的种子，找了20个窄口瓶，每个里面放50颗种子，放点微微潮湿的沙子模拟土壤。每个瓶子都不封口，为防止下雨的时候，水泡进瓶子里，他把全部瓶口向下埋了起来。一切完成后，又在上面撒上一些树叶掩盖。威廉瞅了下四周，没有一个人发现，他长舒一口气，迅疾离开了这里。

威廉最初的计划是每5年挖出一个瓶子，将里面的种子取出种植，检验种子是否会发芽。20个瓶子要花费100年的时间。他在退休前一共等了30年，开了6个瓶子。退休的时候，他找到年轻的同事约翰，告诉他这个实验的目的、过程和种子埋藏的地点。为了不让整个实验受到无关人等的破坏，每次只能指定一个负责人。威廉一再叮嘱约翰不要泄密，不然的话，前功尽弃，约翰成了第二任“掌瓶人”。

到了1920年，当时这项实验的“掌瓶人”发现每次实验结果都很一致，都是同一种植物的种子发芽。就做了一个决定，将开瓶的间隔时间从5年延长到10年。为了获得种子的最佳休眠时间，后来的“掌瓶人”又将间隔时间改为20年。一个“掌瓶人”在他的职业生涯里也许只有一次开瓶实验的机会，但每个人都将它视为一件非常神圣的事情，每次到了开瓶时间，他们都会去秘密地点挖出一个瓶子，把种子拿出来种植，最后记录实验结果。在即将退休的时候，选出他们的下一个“掌瓶人”，把实验的地点交给他……这个实验，就这么延续了一个多世纪。每当学校施工时，“掌瓶人”都提心吊胆，害怕工程触及埋在地下的瓶子。

截至2000年，已经有15个瓶子被打开。下一个开瓶时间是2020年，按照这样的计划，将在2100年挖出最后一个瓶子，到那时，这个实验已达221年！

目前农民使用着各种除草剂进行除草，这个实验已显得毫无意义。即使等不到最终的实验结果，但每一个神圣的“掌瓶人”对这些瓶子的守护却一刻没有停留，不得不让人产生敬佩，因为，这是对科学的坚守，也告诉了人们，什么是真正严谨的科学精神。

丢个破绽给他

1929年3月4日，胡佛宣誓就任美国总统。他被民众誉为“有活力的商业总统”。当时很多媒体记者采访他，《芝加哥日报》记者保尔·里奇是其中之一。

那天，胡佛坐火车去加利福尼亚州视察，里奇第一时间知道后就赶到了，而且和胡佛乘坐在同一节车厢。这是采访的绝佳机会，一定不能放过。里奇心中暗想。于是他从商业领域开始引入话题，侃侃而谈，可胡佛根本不开口。好几次，里奇都把话题扯到胡佛平时最感兴趣的事情上，想调动起他谈话的积极性。可胡佛那双机灵、暗蓝色的眼睛告诉他，他的努力是徒劳的。怎么办？

就在里奇束手无策，想彻底放弃时，火车正好行经内华达州。里奇望着窗外寂静而凄凉的荒地，以及远处烟雾弥漫的群山说道：“上帝！没想到内华达州还在用锄头和铲子人工垦殖呢。”

听到这句话，胡佛马上接着说：“你说的不对，那是用机械垦耕过的土地。近代以来，那些旧式的、毫无目的的开垦早就被先进的机械方法替代了……”里奇赶紧顺势而问，哪知道仅仅有关垦殖话题，胡佛就用了整整一个小时和他聊。胡佛越说越高兴，还聊起了石油、航空、邮递等其他方面的问题，神采飞扬地说了将近两个小时。

其实，里奇是故意丢了一个错误的话头。为了让胡佛开口，他改变了策略，给胡佛指出错误的机会，并顺着这个话题展开了采访。里奇从谈话中获得了第一手资料，这次采访成了他记者生涯里最曲折，也是最成功的一次采访。

有时候，自己表现得太完美反而适得其反，给对方一个破绽，或许会产生预想不到的效果。

·人生都需要一味药

他出生于美国东部的一个平民家庭，性格木讷，但勤奋好学。父母在他读完高中后再也无力供应，于是就让他参了军。服役期间，他和一位美丽的姑娘结了婚，并很快有了孩子。

三年过后回到家乡。待在自己的小窝里，有妻子打理家务，有儿子嬉戏身旁，他倍感温馨。日子久了，妻子开始唠叨道：“你一个大男人，整天黏在家里算什么事儿？”就劝他走出家门找活干，他找了很多商铺和公司都没有结果。最后，在一位亲戚的帮助下，才进了一家保险公司做推销。

做推销需要一副好口才，以他的性格来说，有点强人所难。做了很久，也没有推销出任何产品，业绩为零，被老板炒了鱿鱼。三年的服役经历并没有培养出他的硬汉气质来，遇到困难就退缩了。他不想再找任何工作，变得颓废不堪，整天借酒浇愁。没有工作还要讨酒喝，妻子对他越来越反感，家庭矛盾不断升级。妻子一气之下带着孩子离开了家，从此杳无音信。父母在痛失孙子后郁郁寡欢，两年的时光，两位老人相继离世。他最终失去了自己一切宝贵的东西——家庭、房子、孩子和工作，变得一贫如洗。

“这就是我想要的生活吗？”他在心里无数次地自问，无数次地否定自己。他也曾想过结束生命，但始终有一个无法言表的念想，让他无法放弃眼前苟且的生活。为了寻找自我，寻找赖以度日的种种答案，他开始风餐露宿的流浪。

两年后，在一家教堂他遇到了一位受人尊敬的牧师。他向牧师提出了许多困扰他人生的问题，牧师一一解答。最后牧师意味深长地对他说：“大多数人随着日子一天天过去，早已忘记了自己年轻时立下的远大志向，丧失了自制力。一个人如果没有足够的自制能力，就难以摆脱自身的惰性与软弱，让心灵更加难以自己。这也告诉我们，每个人的人生，都需要一味药，药的成分需要自己去寻找和品味。”临走的时候，牧师送给他一部圣经，还有一份书单，上面列着11本书的书名。它们是：《最伟大的力量》《钻石宝地》《思考的人》……

从这一天开始，他天天到图书馆去，依照牧师开列的书单，他把11本书一一找来细细阅读。又按图索骥找来许多成功学和励志方面的书籍几百本，一一研读。渐渐笼罩在心头的阴云退去了，一抹阳光照射进来，他激动万分，心潮澎湃，终于看到了希望。“我现在就付诸行动！”他合上书本，从桌旁站起，眼睛中闪烁出自信的光彩，就像换了个人一般。

性情大变的他不再有丝毫的怯懦与悲观，用微笑来迎接每一天升起的朝阳。他先后做过卖报员、公司推销员、业务经理……终于在他35岁那年，创办了自己的杂志——《成功无止境》。从此步入了富足、健康、快乐的乐园。

1968年，在他44岁时，他推出了《世界上最伟大的推销员》一书，该书一经问世，即以22种语言在全球出版。不仅仅是推销员，还包括社会各个阶层人士，都被这部作品充满魅力的风格深深吸引，人们争相阅读，该书在全球总销量达到1800万册。

他就是享誉世界的成功学大师，当今世界撰写自我帮助方面书籍最流行最有灵感的作家——奥格·曼狄诺。成千上万来自生活中各行各业的人们，从他的书中得到了神奇的力量。

透过改变自己而改变他人，透过改变他人而影响世界，奥格用自己的亲身经历酿造了一味励志药。因为，他已深深明白，每个人的人生，都需要一味这样的药。

第六辑

劳斯莱斯的香水

只要找到市场真正需求在哪里，抓住问题的关键，利用嗅觉的魅力，即使小小的一瓶香水也能颠覆消费者的理念，使企业雄踞业界之首。

给公司起个好名字

20 世纪 50 年代末，东京通信工业株式会社还是一个小公司。社长盛田昭夫在欧美考察回来，做出了一个让人惊讶的举动：要改公司的名字。

听到这句话，董事们议论纷纷，有人反对道：“咱们公司已经发展十多年了，好不容易让人记住了名字，突然改成一个陌生的名字，这不是自砸招牌吗？”另一个董事说：“不去在产品质量和服务上下功夫，再花哨的名字也是枉然！”

盛田昭夫听后微微一笑道：“我这次外出，有好几次把公司和个人介绍给他们时，人们对我的名字很容易记住，但是对我们公司的名字却连发音都感到困难。公司虽然很小，但如果目光不对准国外市场，永远也发展不大。”

有人还是不无担忧地说：“我们的雇员不到千人，根本没有进军海外市场的实力，改了名字甚至还会面临失去国内市场的风险！”

盛田昭夫大声说道：“现在没有实力，并不代表以后没有实力，如果一家公司的名字都难以让别人记住，那还能做生意吗？”

最终，盛田昭夫说服了在场的所有董事，他把公司改名为SONY，由于名字简单、好记，立马在日本国内被人们所熟识，刚好当时公司又获得了生产美国的半导体收音机的专利权，趁着这股东风，索尼走向了世界。

一把铜勺子带来的改变

1973年,安藤还是日本三菱公司信息处的一名普通员工。那天早上,妻子做饭时,发现厨房里经常用到的铜勺子不见了踪影,眼看两人还要上班,迟到了怎么办?他和妻子在厨房找了好多遍,也没有找到。只好将就着把饭做好,匆匆吃过后到公司上班去了。

来到公司后,安藤开始接收并上报当天的信息。突然有一条信息引起了他的注意,这是公司驻卢萨卡情报人员的报告,说扎伊尔发生了军事叛乱,叛军正向赞比亚的铜矿区移动。他心想:"我到现在还为一把铜勺子闹心呢!你们铜矿区的铜再多,远水也解不了近渴,公司步履维艰,面临巨大的生存挑战,谁知道能维持多久呢?……"

刚回到家里,妻子告诉他,铜勺子找到了,原来是患有老年痴呆症的父亲放在了卫生间的便座旁。他哭笑不得,想对老父亲发脾气,父亲却用迷离的眼神对他呵呵笑着。安藤说:"还不知道我这份工作能做多久呢?家里各方面花费都要节俭些。"妻子嗤笑道:"那也不至于连一把勺子都买不起吧!难道铜勺子比金银还贵?"妻子的话还真让安藤关注起了这个内容,他再次审视这条信息,发现了一个信息背后不引人注意的线索。

第二天,他找到三菱公司总裁佃和夫,将自己的主张告诉了他,佃和夫听后直点头。很快,三菱公司通过各种途径开始大量收购铜,在很短的时间内,三菱公司购进的铜储满了好几座仓库。

一个月后,伦敦五金交易所铜的价格发生急剧性变化,从原来的860英镑飙升至每吨981英镑。三菱公司适时地抛出大量库存,一下子大赚了一笔,也因此扭转了公司面临破产的局面。

原来,安藤从信息里发现一个细节,扎伊尔叛军撤退的赞比亚矿区易守难攻,并由此判断,叛军一定会切断一切交通来负隅顽抗。他知道那里出产的铜在世界市场上占有重要地位,如果交通一旦被切断,必然要影响国际市场上铜的价格,而这种情况在当时尚未引起新闻界的注意。总裁佃和夫得知后,迅速做出判断并开始出手,第一时间牢牢抓住了有利先机,不仅让濒临生死边缘的公司得到挽救,还得到了长足的发展,最终跻身于国际市场的领先地位。

一把铜勺子勾起了安藤对铜市场的洞察,一条短信息挖掘出新线索,找到改变公司命运的制胜点。关键时候,细节的美妙、细心的魅力,能够完胜一切。

寻找“幸运一美分”

安迪是美国盟友银行的一名业务经理。由于银行业之间的竞争加剧，三个月来，不管是汽车、房屋贷款，还是保险等，业务量明显下降。业务量上不去，薪水必然要减少，一时间，公司上下人心惶惶。

那天，在营业大厅里，一位男士在办理取款手续后，营业员找给他的利息中有几枚一美分硬币，临起身时，他却随手抓起并扔进了垃圾桶。这一幕恰好被安迪看到，他心想：“一美分硬币确实又重又不值钱，可是存钱的时候，再大的金额不都是由一美分组成的吗？在日常储蓄中，它应该受到重视……”很快，一个念头在他头脑里闪过，他决定实施一项计划。于是，安迪将计划告诉给了公司CEO莫雷斯，得到了大力支持。

没多久，安迪通过公司网站等媒体向社会发布消息：盟友银行推出为期两个月的寻找“幸运一美分”活动。他们将100个名为“幸运一美分”的硬币藏在全美各地的共10个城市里，这些城市包括洛杉矶、圣地亚哥、芝加哥、纽约及华盛顿特区等。平均一个城市藏10个，而每一个硬币都藏在交通繁忙地区的行人区，如果找到其中一个便可获得

1000元的奖金。

这些硬币一般都放在了每个城市的地标附近，安迪则通过网站留下每一枚硬币位置的暗示信息，比如针对放在纽约的硬币，他会在网站这样提示：如何纪念宪法的作者？就用他的纽约公园和一枚“幸运一美分”。活动信息发布后，一下子得到了众多人的关注，平常那些在人们眼里毫不在意的一分硬币，如今却成了众多人寻找的目标。

安迪每天在其网站上收集着每一枚硬币的线索，并且每周在网上更新有关信息，让人们知道还剩下多少枚硬币等待人们去发现。这件事在网上迅速持续发酵，盟友银行的知名度越来越高，吸引了大量的客户，银行业务量迅速攀升。

原来，每一枚“幸运一美分”硬币都是特别制造的，只比普通一美分大一点，前面印有盟友银行的标识，后面印有兑奖的号码。一美分换来一千美元，巨大的诱惑加上有趣的指引，就像好玩的游戏一般充满了魔力。

当有人说盟友银行的行为是一场营销策划时，莫雷斯说：“将一美分重视起来，千千万万的一美分将会是一笔巨大的财富。我们投放了100枚硬币，用10万美元奖金换来的不只是公司的知名度和巨大效益，更多的是让人们通过这个活动可以从不同的方式看待金钱。”

卖的是颜色

一直走到家门口，克瑞斯林满脸的沮丧仍未散去，打开房门，妻子爱丽丝一脸阳光地迎了上来："亲爱的，中午吃什么？我给你做。"克瑞斯林一语不发，爱丽丝知道丈夫一定遇到了难题。

饭桌上，望着酸甜可口、红白相映的美味沙拉，克瑞斯林却长出一口气，说："我们公司快垮台了，我将面临失业，老总已经向我们下了最后通告，如果三个月内完不成销售任务，公司将无法运转。"

克瑞斯林是一家公司的药品包装师，后来进入销售部。他所在的医药公司是20世纪90年代末美国医药界一家效益不错的企业，主打药品——止痛片，一直销得不错。可最近资金链断层，市场萎靡，销售额急剧下滑，一下子陷入了困境。

面对饭桌上的食品，克瑞斯林食欲全无，满脑子都是药品、药品销售的问题，五颜六色的水果沙拉在他眼里也好像变成了苦涩难闻的药片。妻子嗔怪他："好啦！吃东西的时候，不要把这些食品看成药品，你要有把药品当成食品去吃的感觉……"妻子的话让克瑞斯林心有所悟：药品当成食品？如果能让患者对药品产生像对美食那样的亲近感就好了！

可是该如何做才能获得消费者的“芳心”呢？质量保证是内功，而外在的包装也不可忽视。随后，克瑞斯林上网做了一番调查，发现颜色对人的心理影响极大，于是向公司递交了一份包装及销售建议。老总看过后非常满意，决定立即按照他的办法执行。

克瑞斯林按照国别和性别对药品进行了不同的包装。比如，美国人都知道柠檬和橙子最富维生素C，那么黄色的药片肯定好销，橙色的则次之，白色的再次之。而对于美国女性来说，她们最喜欢粉红色，在她们眼里，粉红色属于“飘浮”色调，可使人有上升之感，她们最易购买这种颜色的止痛片。对于德国人来说，在白色的药片面前缺乏信心，觉得药性不强，而且白色没有深浅之分，连医生自己也容易搞错。但对于中国人而言，则喜欢白色的药丸和制剂，认为白色有清洁感。

公司针对不同的“受众”进行分类包装，同时公司在宣传方面也做了调整。一个月后销售状况果然大为改观，销量大幅上升。1997年至2005年间，仅止痛片在零售药店的销量就增长了90%，占领了绝大部分的市场份额，并引来了同行的纷纷仿效。

“良药苦口”，但如果给它们披上美丽的外衣，给人心理上的感觉就会大不同。克瑞斯林正是抓住了这一细节，让颜色为其助销，才走出了事业的低谷。

意大利的慢食超市餐厅

2007年的时候，奥斯卡·法利内在意大利都灵市经营着一家很小的餐厅，规模小、地理位置又偏僻，生意惨淡得让他几乎想放弃。他和妻子商量了一下，再坚持两个月，如果不行，一定改行。

那天，竟然有一位美国男子光临，他一身背包客打扮。奥斯卡受宠若惊，赶紧上前打招呼道："先生需要吃些什么？"态度好得生怕食客转身就走。男子打量了一下冰柜里的菜品，对奥斯卡说："我已经习惯了自己做菜的方式，如果可以的话，我想用咱们的食材和炊具自己下手做，费用您不用考虑。"奥斯卡一听很奇怪，还有这样的食客？反正生意也不好，就让他自己做吧。男子很兴奋地说："我走过很多城市，在很多餐厅提出过这样的要求，很遗憾，他们都拒绝了，唯有您答应了我的要求。"奥斯卡心里暗想："这人是不是有洁癖呢？怕别人做的不干净？"男子一边做饭一边和奥斯卡聊，这才得知，男子名叫杰克，深爱的妻子两年前患病去世，杰克却已适应妻子在世时的习惯：每周亲自下厨两次做出自己的拿手菜，然后和妻子边吃边聊。出门旅游几个月来，亲自下厨的渴望很强烈，今天终于实现了。杰克细细品尝着自己的手艺，很慢很慢，仿佛陶醉了一般。

杰克走后，奥斯卡对妻子莉娜说："咱这里生意冷清，他这样慢可以，如果食客多的话，谁会让他亲自做，还要这样占时间、占位置地慢耗啊！"莉娜听后反问道："慢怎么了？这样的食客多光临一些不也行嘛！"听了莉娜的话，奥斯卡心想："现代人生活节奏越来越快，就连逛超市都成了奢侈，更多的人习惯去便利店买东西，然后迅速走人；或者O2O，直接送上门。何不打造一个以慢为主题的餐厅、让人们像逛超市般悠闲地来消费呢？维持原状只是死路一条，如果这样做，经营状况一定会大为改观……"奥斯卡当即决定改变经营模式。

筹款、选址、备货……经过近3个月的忙活，奥斯卡的新餐厅开业了。不过这不是一个纯粹的餐厅，看上去像一个超市，走进去又像一个食品市场，这里不仅陈列着琳琅满目的食材，而且旁边还有厨师、餐桌和服务生。每个陈列区旁都设有用餐处，顾客既可以选好食材回家烹饪，也可以直接让厨师为你烹饪好，直接在此享用，甚至可以自己选好食材亲手做。奥斯卡给自己的餐厅取名Eataly，意为"慢吃"，将餐厅定位为"慢食超市餐厅"，主打"慢食生活+健康"的生活理念。

走进餐厅，入口处有当季蔬果的海报，餐桌上画有当季蔬果的图画，方便顾客辨认。如果你确定不了买什么，或者纯粹就是为了逛一逛，可以到里面的小图书馆坐一下。里面有大量的美食书刊，浏览中若发现有中意的食材，你可以在旁边的电脑打印出清单，再去购买。而这里的食材大部分是选自本地的当季蔬果及个性化的商品，直接向生产者采购，减少了中间环节的成本。

让人不得不叫绝的是，奥斯卡还在每个营业区经常针对不同年龄段，开办各类烹饪课、品尝课。这些课程的价格从30欧元到120欧元不等。奥斯卡精心挑选的厨师会耐心传授烹饪方法，然后让学员们一起动手，并在最后分享自己的成果。

Eataly 餐厅这种新奇的经营模式推出后，立马引起了超乎想象的轰动效应，得到了众多人的关注。超市的设计和餐厅的食物令人惊喜，它倡导的慢生活、慢食物的生活方式更是深受大城市居民喜爱。为了让更多的人享受到这种慢食生活带来的乐趣，除了利用 Facebook 和 Twitter 外，奥斯卡还推出了 Eataly 的官方网站做活动，他设立的"反情人节"简直是众多单身狗的福音。情人节那天，没地方浪漫的单身狗纷纷来到 Eataly 的屋顶餐厅，加入"One Night Stand"活动。

经过几年的运作，奥斯卡的Eataly餐厅很快从都灵发展到美国、英国、日本、阿联酋等其他一些国家的重要城市，目前已有 28 家，一年卖出 15 亿。

快节奏的现代社会，慢倒成了一种稀有物。奥斯卡抓住了人们对慢生活渴望的契机，迎合了人们的心理需求，才使自己的餐厅成为"爆款"，一下子红火起来。

只欢迎单身者的餐厅

多明博在韩国首尔开着一家餐厅，由于竞争者甚多，生意不好也不坏。那天，一位小伙走进餐厅，要了一瓶啤酒、一盘炸鸡，一边吃，一边玩着手机。买单的时候，他对服务员说："我身边那对小情侣，边吃边聊，那热乎劲儿，我坐在一边吃饭都有点受虐的感觉了……"

多明博是个很细心的人，于是，他对光顾自己餐厅的顾客就做了一个详尽的记录。发现不少独自一人来就餐的未婚年轻人都有类似感觉，心想："和周围的餐厅相比，自己也没有什么优势。如果没有自己的特色，迟早会被淘汰出局，与其坐以待毙，不如主动出击。"他决定改变经营策略。

很快，他打出一个招牌：只接待单身的食客，餐厅名字改为姆明咖啡屋。顾客的餐桌对面，都摆放着一只名叫姆明的毛绒玩具。他想通过提供与姆明玩具共餐的机会，来缓解单身顾客的尴尬和孤独感。事与愿违，有不少顾客反映，身边有了姆明后，反而时刻提醒自己是孤独的。多明博此时也觉得，仅凭一个毛绒玩具确实很难改变一个餐厅的经营状况。

那天，他看到电视上一个娱乐节目《找朋友》，对方被帷幕遮着，只露出一双手，上台嘉宾从其面前走过，只有10秒钟的辨认时间。这个镜头一下子启发了多明博，一个不错的创意涌上心头。随后，对餐厅进行了一番改造。将餐桌面对面摆放成一排，餐桌之间用格子隔开，格子上安装有App软件。来就餐的单身顾客会被安排在特定位置，坐下来后，格子上的显示屏上会跳出一句话："您要不要选择与人共进美食？"如果想和对面的人一起吃饭，就可以点击选择"Yes"发出邀请，对方如果也选择同意的话，餐桌之间的一面隔板会突然上升。四目相对时，每个人都异常惊喜！如果没有感觉，只是一顿饭的相处时间，双方都很珍惜这段缘分；彼此有感觉，就可以一起用餐，这时候，服务员还会送上来情人专属套餐庆贺。

多明博的这个创意餐厅吸引了众多的单身男女，这里成了一个集交友、餐饮和娱乐的场所。很多人在这里结识了众多好友，遇上了自己的男神女神，得来了一段姻缘。他的餐厅知名度越来越高，生意火爆得羡煞了周边的所有同行，一下子赚了个盆满钵溢。

多明博从顾客的抱怨中发现了单身男女这个庞大的群体，找到了市场需求，做到了新奇、好玩、有趣，自然夺得市场份额。因为市场竞争从来都是优胜劣汰。面对别人的赞誉，他说："只要善于察探客人的心思，并设计贴心的服务，那么生意怎么能够不红火呢？"

·租个老妈来服务

妮娜是康涅狄格州一家青少年心理咨询机构的老员工，年轻时做过制片人，还做过药物康复顾问，四个子女已成家立业。三年前，她到了退休年龄，就和老伴商量不再和子女们住一块儿，他们决定搬回布鲁克林地区，好好享受一下退休后的休闲时光。当然，最主要的原因还是妮娜太留恋那里的老房子，里面装满了她童年的所有记忆。

当妮娜在布鲁克林地区住了一段时间后，发现了一个令人担忧的问题：这里的年轻人和康涅狄格州的同龄人相比，有着很大的差别。这里的年轻人远离父母，有着更多的自由，但更多的自由导致了他们生活的散漫、处事无主张，而且行为习惯上表现得放荡不羁，甚至连照顾自己日常生活的能力都很缺乏。

一天，妮娜到社区门口的一家咖啡馆里喝咖啡，她刚坐下不久，一个小伙子进来坐在了她旁边。不知什么原因，小伙子对着袅袅升起的咖啡热气儿长吁短叹，显得很沮丧的样子。妮娜很好奇，问小伙子说："年轻人，遇到什么难题了吗？"伴着浓浓的咖啡香，小伙子将自己的求职经历一股脑儿地倒了出来，热情的她向小伙子分析了造成失业的原因。最后，妮娜发现，小伙子求职的简历有毛病，在她的帮助下，小伙子很快对简历进行了修改，没过多久，就被一家园林单位录用了。

虽然上了年纪，但妮娜对瑜伽的热爱并不减。一次练瑜伽时，她听到两个女孩在谈话。一个女孩说："朋友的生日到了，我想送给他自己烘焙的蛋糕，可今年妈妈不在身边，我单独做不来，很遗憾，估计只能送其他的了。"另一个女孩也说："是啊，离开父母，我一直不适应……"

回家后，妮娜开始思考，我虽然不是正式的治疗师，可对年轻人的精神及心理方面的调理还是有很多经验的。作为女性，我有丰富的育儿经验，何不搞一项针对年轻人的特殊服务呢？

很快，妮娜在脸书上推出了"需要妈妈"的服务，服务对象是那些需要妈妈关心的10到25岁的年轻人。客户只要提出租用要求，即可上门服务，每小时收费40美元。倾听顾客所有的问题，给出相应建议；从帮忙支招搞派对到钉纽扣，再到烘烤蛋糕，甚至包括为亲人挑选礼物，所有妈妈做的事情都在她的服务范围内。只有两项内容绝对不做，那就是帮顾客打扫房间和洗衣服。妮娜提出的口号是：你需要一个妈妈的关心，你可以租用一个妈妈，但不是一名女仆。

这项服务得到了不少年轻人的关注，他们纷纷给妮娜打电话预约。有一次，一个15岁的男孩给妮娜打来电话，说："爸妈都很忙，一个月来看我一次。每逢周末，同学们都会有妈妈陪着一起去看电影。他们在我面前聊这些的时候，让我好眼馋啊！我也想……"妮娜一边安慰男孩，一边痛快地答应，周末一定准时陪他看电影。一名身体残疾的女孩在电话里说："爸妈对我都很好，可在他们面前我感觉太束缚了，有点喘不过气儿来。我想有个朋友般的妈妈，不是管头管脚的那种……"妮娜针对顾客的不同性格和要求，采取不同的沟通和指导方法。她从不对顾客说“不要这么做”,更不会说“你很蠢”这些伤人的字眼。顾客花钱不多,但获得的正能量却满满的。

63岁的妮娜对自己的这项服务始终抱着这样的态度:赚钱多少无所谓,重要的是给孩子们提供安全感,用母性的光辉照耀孩子成长的道路。对她来说,上门服务,既锻炼了身体,又获得了一笔额外收入,何乐而不为!

“冰箱约会专家”

约翰·斯托尔是伦敦一所心理辅导机构的教师，一次偶然的机会，遇到了大学同窗艾琳，两人曾是大学里最要好的朋友。于是，找到一家餐厅边吃边聊。

聊天中，艾琳告诉他一件事：一个男子深爱上了她，她对他也挺上心的。可是，每逢提到结婚，男友总是躲闪，艾琳无法确定对方是不是真的要与自己结合。最后，艾琳邀请约翰趁着男友周末出差，一起去一趟他的住处，看对方到底搞的什么鬼。

走进男友住处，室内非常整洁，家具也非常考究。约翰在大学就是个美食控，走到哪里，厨房和冰箱都是他最关注的地方。他打开冰箱，足足站了5分钟之久，手却僵在那里一动不动，什么饮料也没有拿。艾琳看到约翰发愣的样子表示很惊讶！而约翰却很沉静地告诉她：“你上当了，你遇到了一个隐婚渣男！”艾琳一下子愣在了那里。

约翰是做心理辅导的，分析情况总爱从心理学的角度进行，而且平常爱读一些侦探小说。客厅里的冰箱引起了他的兴趣，他帮艾琳分析道：“你看，冰箱非常高级，里面物品丰富，客厅里还是木质地板，可以看出他真的是一位薪水不低的男子，但绝不是富豪的级别；冰箱里有很多盒牛奶，还有椰子味的，却不一定是自己饮用，很可能是孩子来的时候给孩子喝的，说明可能离婚且有孩子；瓶瓶罐罐分类摆放如此整齐，易拉罐摆得比尺子还直，对生活细节这么在意，肯定有很强的强迫症；里面还有香槟、奶酪，这不是给浪漫之夜准备的是什么？我看这个人有魅力，非常喜欢和比自己小的女人约会，而且很会讨好她们。但不是准备好结婚的类型，这人不值得你留恋……”

艾琳喃喃地说：“对我那么好，怎么可能骗我呢？”约翰却坚持自己的判断，并建议艾琳暗地里观察男友的行踪，看看真相到底是什么。

一周后，肠子都悔青了的艾琳在电话里告诉约翰：“果然是一个伪君子，他欺骗了我的感情，已经有一儿一女，那住所是他租的一个豪间，他根本不会与我结婚，却用一堆甜言蜜语要得我团团转……”

艾琳的遭遇让约翰开始关注一些人家里的冰箱，经过近半年的观察与研究，他发现冰箱里隐藏着很多信息，总结出来了一套完整的办法。可以根据与你约会的人冰箱里放的东西来判断他的性格，不仅能看出来这个人的生活习惯，还能看出来他与你约会，是想跟你玩玩还是想认真发展一段感情。因为，冰箱包含了一个人的日常生活，而且是非常私人的领地，一个人可以用化妆和衣服扮成另外的样子，却不会注意到去伪装自己的冰箱。

约翰的这一套测试办法吸引来很多年轻人关注的目光，不少人向他讨教。为此，约翰注册了一家名为check their fridge的网站，需求者可以把自己对象的冰箱图上传给他，然后他给出自己的“专业”意见，告诉他们这个人是不是适合约会。

你发一张冰箱图，约翰给你一个分析回复，每次50美元。约翰的网站点击率越来越高。他的分析给了很多年轻人以指导,也让更多处于恋爱中的年轻人看到了自己的缺点和不足,为了能与自己喜欢的人在一起,从而逐步改变自己,很多人称他为"冰箱约会专家"。

俗话说,留住一个人的心,就要先留住他的胃。约翰的办法却告诉你:要了解一个人的心,就要看他的冰箱。一台冰箱透露的信息让约翰赚了个盆钵皆满,约翰说:"只要有心,一切皆有可能,生活中处处有财富。"

众人分享一头牛

那天，埃森·罗瑞陪同妻子在西雅图一家超市逛游，在副食区，看到一位男子正在与老板争论。这名男子看上去应该是家里的主厨，买菜精挑细选，买牛肉时不厌其烦地问了好几遍。

“这牛肉颜色怎么这样难看，是不是掺了色素？”老板听到后连忙上前解释道：“包装袋下面有厂家，我们这里都是纯天然的，放心购买。”男子还是不放心，继续问道：“有厂家也不一定，那只是个肉制品公司，谁知道他们的肉源出自哪里？……”老板明白自己遇到了一个专门挑刺的顾客，怕影响到营业，只能好言解释，一下子弄得脸红脖粗。

回家的路上，妻子对埃森说：“这人真较真儿，肉制品公司一般都有固定的肉源产地，难道让卖家在每一块肉上都贴上标签，注明来自哪头牛？可笑！”

“其实，很多顾客都不知道自己手里买的肉来自哪里，人们只是靠卖相和感觉评判肉的质量。谁不想买到高品质的牛肉啊！可以理解。”埃森回答道。

一周后，妻子买回来一包很新鲜的牛肉，埃森心想：“这肉是来自哪里的呢？它有过怎样的经历？经过多少渠道才来到这里？……”一时间竟然产生了一连串的想法，牛肉是一种非常复杂的东西，在美国，它是主食，人们从市面上购买的牛肉都出自当地的养殖户，养牛人都是用谷物喂牛。如果人们选择购买来自农场的牛肉，那么他们得到的牛肉品质将有很大提升。因为，牛的天然食物是草而不是谷物，吃草的牛肉健康脂肪多，所含饱和脂肪低于吃谷物的牛肉。埃森是一个敢于尝试新事物的人，他觉得如果换一种方式卖牛肉，或许有意想不到的收获。

很快，埃森成立了一家名叫“群牛”的公司，采用众筹的方式，在华盛顿的各大独立农场里购买牛，专门为人们提供绿色肉源。这一信息发布后，引起了很多人的关注，大家都觉得这样卖牛肉非常透明。想要牛身上的哪个部位，可以提前在网上预定，顾客根据预定的这头牛的编号，可以随时在网上观察到它每天的动态，看农场工作人员如何管理、如何放牧等，

亲眼看到这头牛的成长过程。一头牛只有在网上被预定的身体部位超过百分之六十七时，才会被送往屠宰场宰杀。

第一头牛被53人分享，预定部位达到百分之六十七时，开始了宰杀。接下来，牛肉被风干了14天，以提升牛肉的口感，随后再将牛肉切成统一尺寸并将其速冻，之后再寄给所有顾客。53个人，每人都得到了自己想要的牛肉，而剩余的牛舌、牛肝、牛肾、牛排等牛杂碎则独立包装，标价都比市面牛肉的价格低百分之十至百分之三十。埃森公司的牛肉达到的品味和健康水平，市面上的牛肉根本达不到，加上价格又低，很快就销售一空。

当第一头牛分享成功后，人们纷纷夸赞这种牛肉风味妙不可言，

来自华盛顿、俄勒冈州等地区的订单也纷至沓来。埃森觉得以后可以将业务拓宽,因为买牛肉的人也会买猪肉和家禽等等。

埃森的另类卖肉法,让更多的人得到的不仅有健康、价廉的食品,还有分享时的快乐。

劳斯莱斯的香水

20世纪初，当劳斯莱斯推出第一款“银色魔鬼”轿车时，一下子风靡了全世界，被誉为“世界上最好的轿车”。随着时间推移，竞争对手增多，公司斥巨资对轿车流水线进行技术升级。

新款轿车上市后，老总亨利·莱斯大失所望。不仅没有出现他们想象中的热卖局面，销量不增反减。多次寻找破冰之策，一直未果。

一日，营销部的杰克向亨利讲述了自己听到的一段话。杰克在一家饭店吃饭时，邻桌一对男女的谈话吸引了他，两人好像在谈汽车。男子说，昨天老总和一位客户签单后，一起坐车到酒店，他负责在酒店门前迎候。走过长长的走廊时，客户问老总坐的车子是什么牌子？看着像劳斯莱斯，可又不敢肯定，真正的劳斯莱斯坐上去感觉不是这样。老总听后双手一摊道：“这是我刚换的新款，我也不太适应，总觉得少了点什么。以前坐在车里，闻着车厢里那种特殊味道，一种豪华、尊贵、神秘的感觉油然而生，现在无影无踪。过几个月再说，不行就换掉……”男子讲得眉飞色舞，女的听后一脸羡慕地说道：“有钱人就是不一样，不过，老板们都太讲究啦！”

杰克对亨利说道："能够买我们公司轿车的一定是有钱有身份的人，他们需要的就是那种大气、尊贵和豪华气派的感觉。如果我们设计的时候，考虑到他们的这些需求，估计会好一些。"亨利听后表示赞同，随后召集产品策划部人员，对比新旧两款轿车的各种不同，结合营销部做的问卷调查，发现很多购车者在新款车上找不到旧款的那种味道，他们都喜欢劳斯莱斯那种木头、皮革、亚麻和羊毛混合的气味！虽然新款车各方面技术上有改进，但却失去了最能让客户留恋的东西。

针对这个问题，公司迅速采取对策，专门开发出了一种香水，散发的味道和旧款劳斯莱斯的自然气味一致，将香水隐藏在座位底下。已经卖出的轿车，公司在售后服务的时候会将香水瓶子安装进去。同时，公司还采取送香水活动，凡是劳斯莱斯的客户，进店都有香水赠送。很多客户将香水置于自己的座驾中，即使开其他类型的车子，给人的感觉依然是劳斯莱斯的味道。此举让销量一下子大为提升，一直雄霸于世界轿车领先地位。

给汽车配置香水、买车送香水，多么高明而有创意的营销手段！只要找到市场真正需求在哪里，抓住问题的关键，利用嗅觉的魅力，即使小小的一瓶香水也能颠覆消费者的理念，使企业雄踞业界之首。

· 机场开设旅游专线

出门在外，最难受的莫过于等车，而对于那些经常出差在外的“空中飞人”来说，在机场等转机更是一件令人绝望的事情。法国小伙克劳德对此深有体会。

2013年5月，克劳德和女友一块儿经波兰到中东地区旅游，在华沙机场要换乘去特拉维夫的航班。要等到该航班的降临，却要在候机大厅待上8个小时。这是一件令人多么无奈又抓狂的事情啊！想靠着椅子闭眼休憩片刻，但候机大厅里人来人往，吵吵嚷嚷，根本无法入睡。克劳德和女友坐下站起，望着墙上的挂钟走来走去，大厅里的免税店已经走进多次了，里面卖的饭既贵又难吃。透过机场大厅的落地玻璃窗可以看到华沙城的全貌，维斯瓦河两岸繁华的都市风貌让人忍不住驻足停留。

“要不要出去走走？反正离航班到来还有好几个小时。”克劳德对女友说道。

“我们不熟悉这里的交通状况，语言上也有障碍，还要时刻担心航班是否到来，还是不出去吧！”女友看来很不情愿。可候机的枯燥还真让人毁心情，没停一会儿，女友竟主动提出一起出去透透气。

两人将物品放在寄存处后，就在华沙城逛了起来。5月到9月是华沙最美的季节，这里草坪绿地遍布，市郊森林环绕，被人誉为“绿色之都”。宏伟的宫殿、巨大的教堂，各式各样的箭楼、城堡令人叹为观止。两人游兴正酣时，猛然想起航班要来了，一看时间，还好来得及。坐在飞机上，克劳德对女友说：“真要晚一步，旅游计划就全打乱了，不过，这也让咱们多出了一段游程。如果有人提醒就好了……”女友说：“其实，很多人都会经历等中转航班这样的事情，只是咱们不想在机场消磨太多，把候机时间改成了旅游时间。”

克劳德开始琢磨起女友的话来：“把候机时间改成旅游时间？这或许是一个不错的挣钱机会，每年有成千上万的人在转机过程中有类似的经历，为什么不针对这样的人群开设专门的旅游路线呢？”

2013年7月，克劳德在巴黎首开了一家特殊服务的旅行社，在机场开设旅游专线，取名为“旁游”，服务对象就是那些需要候机7小时以上的乘客。在出差或旅游时，凡是在机场候机时间长的话，都可以利用碎片时间闲游。旅游的景点包括埃菲尔铁塔、巴黎圣母院，还有沿途一些有趣的餐馆，每人230欧元。没承想旅行社生意大受欢迎，很多人耐不住候机的无聊，出来小小地闲游一下。顾客也可以选择专属的定制服务，到指定的地方去购物、品尝小吃或买点纪念品。曾经有位客人，从美国去南亚，在巴黎转机时，仅仅为了去城里一家好点的馆子吃牛排，就选择了此项服务。

如今，克劳德的旅行社业务已经拓展到了法兰克福、伦敦、布鲁塞尔和罗马等很多城市。他针对不同的城市交通状况接收不同候机时间的乘客，比如在法兰克福，因为城市公共交通系统非常方便，从机场到市中心只需要11分钟，乘客的候机时间稍微短点也可以。如果在公共交通不是很方便的莫斯科，则必须选择那些候机时间在8小时以上的乘客才行。克劳德的旅行社运行以来，从没有一位乘客因为闲游而耽误转乘的航班。好生意给克劳德带来了不尽的财源。

面对相同的环境，人们并不是只有一种选择。同样是候机的时间，克劳德给乘客提供了一种别致的选择：在嘈杂的候机大厅里，如果不想浪费掉大好时光，不妨换种心情，走出去看看这个世界。

“善意之树”引来的客源

米努在印度科钦市经营着一家餐厅。有一天晚上，她刚刚躺下，就听见外边传来窸窸窣窣的声音。出门一看，发现一位六十岁左右的老妇人正在垃圾桶里翻找食物。米努却说：“这里面都是倒掉的食物，我们家宠物都不吃，太脏了，我给你几块儿面包吧！”哪料到，老妇人一听，竟然很气愤地走开了。

回到屋里，米努再也无法入睡。她心想：“我的话伤害到老妇人了，她本来在睡觉的时间，却因为饥饿而醒过来，而且不得不为了一点食物而奔波劳累。餐厅每天剩下那么多食物，不得已才倒掉，经常看到这些流浪者和穷人为填饱肚子四处奔波，我可以把剩下的食物送给他们，可是该用什么样的办法让他们有尊严地接受呢？”米努考虑了很久，终于想到一个好的办法。

很快，米努餐厅门前的垃圾桶不见了，取而代之的是一个能容纳 420 升物品的大型冰箱。员工每天都会将餐厅剩余的食物放进里面，冰箱 24 小时不断电，不上锁，时刻保持里面食物的新鲜，也方便那些流浪汉和穷人随时拿走。果不其然，剩余的食物放进去没多久，就有人光顾了，越来越多的流浪汉和穷人知道这里有一个爱心冰箱，米努甚至还将餐厅里的食材放进去，少的时候每天70盒，多的时候100盒，引得了更多人的关注。周围的居民知道这件事情后，纷纷加入这个爱心行动，逐渐开始仿效米努，也习惯性地将家里面的食物放在里面。米努看到后非常高兴，就给自己的冰箱取名为“善意之树”，她希望更多人加入到这个行列里，让善意之树庇荫到更多无家可归、食不果腹的人们。为此，她对前来捐送食物的居民提出两点要求：一是食物不要过期，二是包装一定得整洁。为了方便“顾客”，米努还准备了小便条，让大家在上面写上放入的日期。

米努的餐厅更加地火爆了，每天人来人往，除了那些饭点时登门的食客，就是捐送食物的居民和领取食物的穷人。在“善意之树”前，每个人都像从自家冰箱里放取食物一样随意自然，看不到任何鄙夷和施舍的目光。米努的创意举动救助了很多人，让众多流浪者和穷人找到了家的感觉。

撤掉门前的垃圾桶，换上整洁的冰箱。同样是剩余的食物，给流浪汉带来的不仅是人的善意，更多的是给了他们做人应有的尊严。

请顾客来监狱吃大餐

西尔维娅是米兰一位年轻的慈善人士，曾经做过22年的幼儿园工作。有一次，她去一家餐厅吃饭，在收银台付费时，看到一位年轻人在向老板央求什么。仔细听去，才知道年轻人想在餐厅谋一份工作，薪酬多少都行。可老板却一脸不屑，甚至扬言道：“我清楚你的情况，这里不需要你这样的人……”

原来，这名年轻人曾经有蹲狱的历史。

这件事让西尔维娅开始关注那些有犯罪背景的群体。她发现，这名年轻人的情况并非个例。在米兰郊外，有一座名叫波兰特的监狱，里面囚禁着一千一百多名囚犯。2014年，尽管政府采取降低刑罚及释放轻微罪行犯人的措施，暂缓了监狱拥挤的状况，可重犯率仍居高不下，很多罪犯并无法融入社会。

“如果能让犯人既不离开监狱，又能接触到社会上的人就好了！”她心想。

“可是，监狱对很多人来说，避之唯恐不及，谁会主动找上门来？”刚刚冒出来的念头又被她自我否定掉了。经过反复思考，她决定在波兰特监狱开一家特殊的餐厅，很多人以为她疯了，但她坚持自己的这一做法，获得了普华永道等大企业的赞助和参与，并很快得以实现。

2015年10月底，西尔维娅的餐厅开业了，餐厅取名为“在狱中”，由监狱一楼的看守所宿舍改造而成，完全没有监狱的样子。里面的设计简洁、宽敞、现代，墙上还装饰着监狱题材的电影海报《逃出亚卡拉》。

走进餐厅，迎接你的是系着领带、身着白衬衫和黑马甲的服务生。一个个彬彬有礼，端上来的菜肴既赏心悦目又令人垂涎欲滴，很多人会以为这是监狱邀请来的厨师们做的，绝对想不到，它们全出自那些听来就可怕的罪犯之手！从服务生、厨师到洗碗工都是监狱里的犯人。其中不乏恶贯满盈的纹身大汉，被囚禁好多年，在经过一段时间的培训上岗后，心理上也曾有过担心。但看到顾客们一个个笑意盈盈、吃得那样津津有味的表情时，他们干起活来更加的专注和敬业。

餐厅开业后，几乎天天爆满，除了普通食客，还有那些商业大亨、选美冠军来光顾，就连国内著名报纸《晚邮报》的美食评论家都来了。如今发展到不预约就无法进来的爆满程度！

对很多人来说，监狱就是一个未知世界，到监狱餐厅就餐，新奇又冒险。对犯人来说，这么多人品尝自己烹饪的美味，享受餐厅的服务，让自己接触了社会，重新找到了存在的价值。对西尔维娅来说，用这种温情的方式将犯人改造成负责的公民，让他们有能力回报社会，实现了自己此举的最终目的。因为，有的时候，温情比暴力的作用更大，更容易让人接受。

小发明家的创意生活

王天时是北京101中学的一名高二学生，清瘦的面容，高高的个子，鼻梁上架一副眼镜，俨然一个听话小男生的角色。其实，小时候的他很倔，也不是人们平常概念里乖乖读书的孩子，喜欢各种运动，更酷爱玩游戏。于是，爸妈就势利导，不断地给他讲一些游戏的元素、构架等方面的知识，慢慢地，他对游戏设计产生了极大兴趣。

初一时的一个星期天，他拿着手机玩游戏。在下载一款免费游戏的时候，遭到和游戏捆绑一起的木马攻击，既玩不成游戏，又打不成电话，做了一次系统后手机才恢复正常。他心想："真可恶，如果能在木马病毒入侵前能够监测到该多好，省得这样麻烦。"于是他萌生了做手机软件的念头。多年的玩游经验让他熟悉了各种玩游戏攻略，爸妈的引导更让他对游戏的设置了如指掌。他在101中学夏焕春老师的指导下，很快设计出了一个"智能手机入侵监测系统"，并获得了北京市第33届青少年科技创新大赛的一等奖。

那天，爸爸给公司打电话，可是无论如何号码就是拨不出去，卡上明明还有余额，怎么回事？爸爸赶紧拨打服务热线，这才得知，是自己的号码因为进行恶意群呼，被禁止使用了！此时，爸爸才想起，前段时间手机曾被别人盗号发过“中奖短信”，连妈妈的手机号码都收到了爸爸发的短信。这件事让王天时对手机软件较上了劲，很快他就设计出了第二个软件——手机非正常使用监测系统。一旦软件监测到手机的非正常使用行为，如翻看照片的次数增加，翻看通讯录的次数增加等，手机就会向指定号码自动报警。一旦丢了手机，这一功能的作用就会凸显。该项目拿下了第34届北京市青少年科技创新大赛的一等奖，连赛三年，他三次都拿大奖，他的成绩换来了周围人的啧啧赞叹，老师们为他加油，期盼他不负众望，有更先进的发明，取得更好的成绩。

那是一个周末，妈妈开车带他去郊区游玩，由于车流量大，走得很慢。刚行驶到一个十字路口，离红灯亮只有十秒时间，就在妈妈脚踩油门准备闯过去的时候，滴滴一声，妈妈的手机响了。王天时赶紧帮妈妈按下免提键，妈妈一只手扶着方向盘，另一只手下意识地去拿手机，车身晃了一下，与邻车擦肩而过，母子二人虚惊一场。过后，妈妈说道：“这种情况太多了，正聚精会神地开着车，电话来了，接还是不接？不接吧，怕有什么紧急情况，一犹豫就给耽搁了；接了吧，又实在不值得为这并非十万火急的事情分散精力。”王天时心想：“如果我不在妈妈身边，没有人帮她按免提，岂不是会很危险？”

王天时的灵感因这件事又被激起，回去后，他上网查阅了一些资料，然后进行了调查，发现我国每年发生的二十多万起交通事故中，超三成是由于驾驶员在开车时使用移动电话引发的，开车使用电话造成的交通危害已经远远高于酒后驾车。而在美国，每天约有66万的驾驶员在接听电话，约17万的驾驶员在发送短信。每年道路交通事故死亡人数超过3.5万，其中四分之一与使用手机有关。这些惊人的数字让王天时再次较上了劲，他下决心设计一款能解决这个开车时接电话的两难问题的软件。

他发现，手机上有驾驶模式软件，但需要在开车前手动切换，而且在切换到驾驶模式后，会屏蔽或者延迟一切来电和信息。一旦有紧急事件发生，很难及时建立通信。于是，他就从这两个问题入手，利用手机上带的GPS、重力传感器等设施让软件具有"自动感应能力"，能自动判断出乘车人的角色，是驾驶员就进入驾驶模式，免去了以前的手动切换。通过监测汽车行驶速度，动态锁定驾驶员手机：当汽车速度超过某个阈值时，手机智能动态锁定；而当汽车行驶速度降到阈值以下时，再自行解除锁定。在手机锁定后，仍然可以与驾驶员实行紧急通信，因为提前已经设置了"白名单"，这就是王天时的"手机安全驾驶系统"软件。这款软件得到了众多人的认可，大家用后都说非常实用。凭借这个项目，他拿下了第30届全国青少年科技创新大赛中"科技创意项目"的一等奖。

面对纷至沓来的赞誉，王天时红着脸说道："兴趣是基础，创意来自生活，我只是爱较劲而已，当你与生活中的难题较上劲时，还有什么能阻挡你呢？"

令人羡慕的病号服

“妈妈，我再也不淘气了，如果我变乖了就不会再来医院了，是真的吗？”

“当然啦！你变乖了，那些让你疼痛的小虫子就会被赶跑啦！就可以脱掉这身又肥胖又难看的衣服了……”在加拿大渥太华一所儿童医院病房楼旁的林荫小道上，一名三岁左右的小女孩穿着宽大的病号服，用稚嫩的声音问着妈妈。妈妈则蹲下身子拉着女儿的小手点着她的鼻子嗔笑道。

这一幕恰好被路过的一位名叫布朗·卡尔的中年人看到，布朗·卡尔是加拿大渥太华的一名服装设计师，醉心于各种风格服装的设计和制作，无论走到哪里，人们身上的服饰永远是卡尔眼中流动的风景。母女的对话让他思考起一个问题：“为什么小女孩讨厌病号服？医院是每个人都不愿意来的地方，尤其对小孩子来说，更是一个恐怖的世界。不要说遭受病痛的折磨，仅仅整天面对这种单调的色彩就够让人压抑了，能不能……”他再次想到了自己最拿手的方面。

卡尔是一个性格非常有黏性的人，一旦有念头占据他的头脑，他会不舍昼夜地思考，直到找到解决的办法。经过深思熟虑，他觉得为儿童设计一款特殊的病号服非常必要，难道病号服就只能是令人感觉萎靡不振的病态蓝？我要给孩子们一个“做自己”的机会。接下来，卡尔在医院里征求了很多小患者及家长的意见，并一一记在本子上。

很快，卡尔设计出了好几款儿童病号服共计100件，这些衣服采取不同的面料，颜色迥异，有多种的图案和花纹边，但相同的都是长袍。孩子们穿上后，高兴得在病房里手舞足蹈，家长们也觉得非常新潮有个性，一改原来那种蓝白相间的竖条纹病号服给人带来的感觉：蓝色成了一种压抑，条纹成为一种禁锢，只要穿着病号服，无论走到哪里都好像处在医院里。望着孩子们高兴的样子，卡尔开心极了。

儿童毕竟是儿童，即使在医院，也要展示自己的个性，而传统的病号服则掩盖了这些，而且在一定意义上象征不平等的权力关系。卡尔的长袍病号服则能突出孩子的个性，考虑到了医疗实用与心理之间的关系，能够让孩子们安心地在医院接受治疗。

卡尔的长袍病号服受到小患者的青睐后，立马引起了医院领导的重视，他们向卡尔提出大量购买的要求。加拿大星光基金会得到这个消息后同样抛出了合作的橄榄枝，卡尔的“病号服”一下子成了儿童爆款装。

伟大的设计总是来源于生活，卡尔在看到女儿质问妈妈一幕时脑海里有了奇思妙想。和普通人的不屑一顾轻言放弃不同，卡尔在脑海里不断酝酿思考，自己研究出成熟的方案，最终设计出了广受大众好评的病号服。卡尔的成功，除了灵感之外就是爱钻研，头脑中冒出了灵感之后，只要紧紧地抓住它，不断钻研思考，就一定能收获成功。

264个字，刷爆世界朋友圈

乔安娜·巴斯福德是苏格兰一名年轻的插画师，最拿手的就是黑白手绘。她在伦敦开了一家工作室，专门为豪华酒店和精品店设计手绘壁纸，生意很不错。随着金融危机的出现，工作室无法再以维系，只得关掉，乔安娜只有重新找工作，她先后在星巴克、耐克和伏特加等好几家公司打过工。

从自己喜欢的绘画到公司的流水线作业，乔安娜的工作重心发生了转移。没有了激情与兴趣，生活是那样的单调乏味，加上工作的辛劳，每天下班后，乔安娜感觉就像骨头散了架一般难受，哪里有时间和闲情来绘画呢？

2011年的一天，劳伦斯·金出版社的一位编辑找到她说："我在网上看到过你的作品，我们出版社最近想出一本儿童涂色本，能否为我们做插画？"乔安娜很痛快地答应了。

过了一个星期，她却找到那家出版社的老板说："如果可以的话，我想请您改变主意，做一本成人涂色书。"老板一听莫名其妙，这种书籍针对儿童才有市场，成人整天忙得晕头转向，哪有工夫玩这个？乔安娜进一步说："请您听我一句劝，不然会后悔的……"听过她的解释后，老板立即决定改变原有计划。

原来，乔安娜接到这个任务后，就着手画了几幅充满细节的马赛克式插画。下班后试着涂了一幅，涂后身心非常轻松，完全没有以往下班后那种疲惫不堪的感觉。她又拿着这些插画让公司里的同事在工休时间里去涂，大家都说不错！沉下心涂色的过程中，完全忘记了工作的劳累。她心想："现代人生活节奏快，压力大，做针对成人的涂色书绝对是很好的商机！"

乔安娜用了大约半年的时间设计出了画稿，出版后的涂色书取名为《秘密花园》。书中只有96张黑白线稿，绝大部分画稿都由奇幻的花朵、叶子以及各种昆虫组成。在每一页中，都能发现一些若隐若现的爬虫和珍奇小生物，并且还可以在花朵中寻觅到黄蜂、蝴蝶和鸟的踪迹。书末还有提示清单，可以帮助读者来找出所有出现在"花园"中的事物，全书只有264个字。

2013年，《秘密花园》出版后仅仅半年时间，就在英国迅速火起来。它的读者很宽泛，都市白领在午休时涂几笔，孕妈妈也可借此来舒缓压力，还有人因为涂色走出了亲人亡故的哀伤，成了真正的减压神器。由于填色的时候，读者需要调动创造力来选择色彩，这就注定每个人的作品都是独一无二的。所以很多人涂完后，都会将最后的涂色成果在朋友圈晒一下，这让更多的人了解了这本书的神奇。短短两年时间，《秘密花园》就风靡了全世界，刷爆了全世界的朋友圈。被翻译成22国的语言，一度登上亚马逊畅销榜榜首。

《秘密花园》的走红，也给用作涂色的水溶性铅笔带来了商机，在网购平台上，"酷喜乐"72色绘画笔从100元出头的售价飙涨至150元以上，“芬理希梦”500色彩色笔则从近2000元的售价翻涨至4000元，有的卖家特地标注了关键词“秘密花园指定用笔”。

从儿童涂色到成人涂色，能发现这种商机，并能够充分扩大它的利润空间，不仅显示了一个人的商业智慧，更体现了一个人敢走不同路的勇气。

睡衣上“漂流”出童话故事

莫铎是美国爱达荷州一名软件公司的员工，妻子爱瓦丽丝美丽善良，从前年开始，妻子就辞掉了工作，因为他们最小的一个孩子出生了，原本，第二个孩子出生后，她就不想再生育了，然而孩子接二连三地来了。最终，她生了6个孩子，孩子们需要人照顾，爱瓦丽斯于是就在家专门照顾这几个小家伙。可家里毕竟8个人啊！全靠自己一个人的薪水来养活全家，这真让莫铎有点招架不住。为了维持家里的生计，下班后的莫铎就又找了一家餐厅，干起了钟点工。所以每天总是很晚才拖着疲惫的身体回家。

回到家里，孩子们就跑到他的身边，有的让他拥抱，有的要零食吃……望着一个个可爱的孩子，一天的劳累仿佛瞬间蒸发，他爱自己的孩子，爱这个家。晚饭过后，他会开始他和孩子们雷打不动的课程——每晚一则故事，从《格林童话》到《木偶奇遇记》等等，孩子们总是在爸爸描绘的故事世界里酣然睡去，虽然莫铎给孩子们每晚只讲一二十分钟的时间，但还是影响到了第二天的工作。

这天吃晚饭时，妻子说起她上超市买菜的经历。她说道：“现在真方便,买水果、猪肉,手机一扫就能查到产地和日期。”莫铎说那是二维码,现在很流行的。到了睡觉的时候,孩子们又吵着要爸爸讲故事,晚饭时妻子的话让莫铎产生了一个念头,他想:“能不能利用二维码设计一个讲故事的装置呢?孩子们总是睡觉时听故事,我应该设计一件睡衣,能让孩子穿上它就能听到故事。”

经过一段时间的准备,他终于做成了,他先把二维码扫描软件下载到手机,然后拿着装有二维码扫描软件的手机扫描睡衣,而孩子的睡衣上已经设计了波点图案,其中有47个点点是启动故事的条形码,里面有《鹅妈妈的故事》《尼尔斯骑鹅旅行记》等47个不同的故事,然后配合自己设计的App,就会让手机自动读出这些不同的床边故事,如果你想锻炼孩子的语言表达能力,你可以把它切换成静音,让孩子自己念。这一下子减轻了莫铎的负担,真神奇了!他把故事外包给了睡衣!孩子们更是高兴得不得了,每天晚上,孩子们不用爸爸妈妈催他们,就主动穿上睡衣上床睡觉,他们想听哪个故事,就拿着手机扫描不同的点点,扫描各个点就会跑出不同的故事。

周围邻居听到这个消息后,都非常感兴趣,就让莫铎给他们的孩子设计几件,用后他们都连竖大拇指。没多久,爱达荷州的初创企业Smart PJs找上门来要和莫铎合作,莫铎欣然接受。

他们生产出的睡衣有着不同的尺寸,从1号到7号都有,男女童皆可穿,每件只售25美元,一上市即销售一空。他的这一产品不但能让“睡前故事”这项家庭传统变得更有趣,更适合那些带着小朋友外出度假的家长,因为故事书又占地方又占分量、不大便于携带,但是睡衣和手机就不同了,它们本来就是居家旅行必需品,莫铎为此大赚了一笔。更让莫铎高兴的是他的能讲故事的睡衣火了以后,一些广告商看到了这个商机，他们要求在睡衣上投放广告，这又让莫铎更是大赚特赚。

让故事和睡衣连在一起，多么巧妙而美好的创意。当人们的思维被激活后，犹如水在会讲故事的睡衣上“飘流”。水本无色无味，但它童话的浪花却呢喃着孩子的童年，让童年的大海之梦在温馨愉快中远航。

你想进入二次元世界吗

“莱恩妮,你又在捣乱了。妈妈已经告诉你几次了,这个橱窗里的化妆品是不能动的,不然就没法卖啦!”望着女儿沾满各种颜色化妆品的双手,妈妈米亚丽大声喊,而女儿莱恩妮则依然沉浸在自己的“杰作”中。

米亚丽是加拿大卡尔加里一家商场化妆品专柜的售货员,5岁的女儿经常来自己经营的柜台。每次她都会从彩妆专柜拿一些小样来玩,看得出,女儿对化妆很感兴趣。只是有时候她会在妈妈不注意的情况下把玩那些卖给顾客的品牌化妆品。

上小学后,为了开发思维,妈妈给她买了大量的卡通画、动漫碟。莱恩妮很喜欢二次元的世界,写完作业就看这些,成了一个不折不扣的动漫迷。她梦想成为动漫里的人物,那天看了《美少女战士》后,剧中五位美少女抵抗妖魔救人的情景让她内心产生了想法:体验一把美少女依靠自己的潜能战胜女巫秋碧尔的感觉。可该怎样变成美少女呢?她想到了妈妈的化妆品,于是对着镜子开始化妆。妈妈回来后发现女儿完全变了样子,长长的睫毛、红红的嘴唇,还有脸上五颜六色的彩妆，令人好气又好笑，莱恩妮高喊着：“我是爱和正义的美少女战士，水冰月！我要代替月亮，惩罚你们！……”妈妈笑着直喊她“疯女孩”。

读高中的时候，莱恩妮的成绩一直不好，她几乎把全部心思用在了化妆上，给自己，也给同学们化妆，化妆技术越来越高。高中毕业后，莱恩妮开了一家彩妆店，主要业务是新娘彩妆。她把每一个服务对象都当作自己梦想里的作品，容不得一点瑕疵。由于细心、热情、专注、手艺高，她的生意很不错。没事的时候，她还会给自己面部化彩妆，甚至还做过全身彩绘。

每当万圣节到来，孩子们都会迫不及待地穿上五颜六色的化妆服，戴上千奇百怪的面具，提着一盏“杰克灯”走家串户，向大人们索要节日的礼物。莱恩妮看到很多家长在给孩子们买这些道具，童年时对二次元的崇拜让她想道：“我何不对孩子们进行彩绘？让孩子们装扮成卡通人物，一定会大受欢迎！”于是，莱恩妮就在自己的店前打上了一个这样的广告：“你想成为二次元人物吗？你想进入二次元世界吗？本店将给你量身定做，让你真切地体验二次元的美妙……”果然不出所料，这招儿很受孩子们的欢迎，许多家长领着孩子排队等候。她用人体彩绘中普遍用到的水彩认真细腻地对每一位孩子进行刻画，凭着巨大的热情，每次即使持续好几个小时也不觉得累。看着孩子们欢呼雀跃的样子，莱恩妮甚至比孩子们还高兴，每个形象完成后，她都会拍照留念。

随着彩绘店名气越来越大，很多成年人也拿着自己崇拜的卡通形象登门求告。有位男生是一个超级蜘蛛侠迷，他非要变成自己偶像的样子，莱恩妮用了近 4 个小时的时间终于完成。看着镜子中的形象，男生兴奋极了，拉着莱恩妮合影留念。而当莱恩妮将自己一部分作品的照片传到网上后，得到了众多网友的赞叹，特别是《绿箭侠》《英镑射手》等作品，更是惊呆了众网友。

目前，已经有一家动漫公司向莱恩妮提出合作，为演员化妆。这对魔幻电影演员来说，不啻于一种福音。因为，他们再也不用戴那些不透气的面具了。对动漫的热爱既促成了莱恩妮兴趣的延伸，又开拓了财源的宽度。不得不相信，兴趣的力量如此巨大。

将差评公之于众

鲍恩威在华盛顿郊区经营着一家名叫“谢丽舍”的酒吧，同在一条街的还有另外两家。每当鲍恩威推出一项新的服务或经营模式后，其他两家都会很快复制过去。客源不错的“谢丽舍”总会遇到一段低谷，鲍恩威为此很是烦恼。

这天，酒吧门口的吵闹声惊动了鲍恩威，出来一看，一名服务生正在阻止张贴海报的女孩。看到老板出现，服务生更加来劲，甚至推搡起女孩来。鲍恩威对女孩说道：“你放心贴吧，没事的。”服务生惊愕得大睁双眼，老板不仅没有表扬自己，反让女孩继续张贴。他小声嘟囔道：“又不是咱们酒吧的海报，我不让她这样做难道错了吗？”哪知鲍恩威根本没理会他，而是继续对女孩说道：“辛苦了，以后我们酒吧的宣传海报还要麻烦你张贴呢……”

没多久，“谢丽舍”酒吧的海报就张贴了出来，上面写道：“感谢您的光临，本酒吧有以下缺点：啤酒过冷、烤肉售空、没有传统风格、没有空座位、不会盲目跟风……如果您有意见，请登录我们的网站，留下您的评论。”末尾还附上了酒吧的网址和一句引起客人好奇心的宣传语：

“来看看为什么有 7%的人不喜欢我们吧”。为了防止另外两家跟风，在罗列缺点时候，鲍恩威专门将不盲目跟风附上，海报贴出后，每位顾客来到酒吧门前都要驻足停下看看。

原来，鲍恩威看到女孩贴海报就产生了一个想法，于是建立了自己的酒吧网站，并在上面发起活动，让食客将享受服务后的感受发表一下，结尾可以附上自己的评论，也可以说出酒吧令自己无法忍耐、最差劲的地方，结果有 7%的人表示不喜欢。随后他专门将众人对酒吧的差评打印成海报张贴出去。越来越多的食客抱着好奇的眼光走进“谢丽舍”酒吧，每个人都想亲自享受下 7%的人不喜欢的酒吧的服务到底什么感觉。

另外两家酒吧看到海报上罗列的“不盲目跟风”这个缺点后，才真正意识到一个酒吧要办出自己的特色，靠跟风是根本行不通的。从此，再也不仿效了，鲍恩威的酒吧生意比以前更好了。

将差评公之于众，看似自损的坏招儿，实是高明的举动，更是创新的大手笔。既避免了同行的经营模式抄袭，又吸引了顾客的眼球，获得了客源的回流和丰厚的利润回报。

一本神奇的饮用书

2007年，特丽萨在英国爱丁堡大学化学专业就读。有一次，她和几个同学结伴到非洲旅游，在一所小学里，孩子们争相抢水的一幕，让她既惊诧又心酸：面对一桶纯净水，几十个孩子蜂拥而上。在这个地区，当地居民喝的水都是雨季时储存的，浑浊不堪，甚至有点令人作呕。一桶纯净水对他们来说，无异于天赐甘霖。

这件事给特丽萨很大的震动，她开始结合自己的专业，更多地关注饮用水源水质问题。在后来的求学过程中，特丽萨从硕士读到博士，几乎每天都泡在实验室里。

一次偶然的机会，她发现了一种叫纳米银的离子，吸附能力特别强，简直就是细菌的克星。特丽萨决定用在水质净化上。特丽萨苦思冥想，终于脑洞大开：做一张史上最牛的过滤纸！

历经上千次的试验，她成功将纳米银离子嵌入纸张，做出了抗菌性极强、质地优良的黄色过滤纸。这种纸张能去除水中99%的细菌，过滤后的水质优于美国的直饮水标准。特丽萨带着纸张跑到南非、肯尼亚、海地、印度等国家，测试了25种受到严重污染的水源，效果极佳。

但在同当地居民聊天的时候，特丽萨发现了可怕的新问题：当地居民缺乏最基本的饮用干净水的意识！知识的传播远比这张过滤纸重要。

特丽萨很快改变决定，她用食用级的墨水，将安全卫生饮水的知识印在过滤纸上，做成了一本书。这本书从外形上看，与普通书无任何区别。封面和扉页上都印有“饮用书”三个字，每一页纸上，都写着温馨的饮水安全提示语。书的设计轻巧便捷，打开包装盒，撕下一页，放在容器口上，缓缓地倒水，上面的水浑黄污浊，揭开滤纸，容器里的水却清澈见底，就像变戏法一般。一本看似小巧的书籍，平均每页可以过滤100升的饮用水，这本26页的书，可以满足一个人四年的饮水量。

这一发明一经曝出，立刻引发好评无数，被《时代》杂志评为2015年最棒的25个设计之一，BBC、NBC、CTV等知名媒体争相报道，也引来了众多的生产商上门洽谈合作事宜。

很多人向她投去羡慕的目光，觉得特丽萨这下子发达了。她却很认真地说：“我很在乎这本书以后的销量，但我不在乎这能给自己带来多少财富。我关注的是，它能让多少人喝上纯净的水，又有多少人因此改变旧有的不科学饮用意识……”

·达巴瓦拉：孟买街头的亲情传递者

伫立在孟买街头，如果你留意的话，经常会看到这样的一群人，他们穿着白色的印度塔克衫，骑着自行车在拥挤得超乎想象的车流和人流里穿行。这些人有一个共同的名字：达巴瓦拉。

达巴瓦拉的兴盛源自十九世纪末一位印度小伙。

他叫加拉瓦，为找工作没少碰壁，跑了好多家公司都一无所获，最后选择送外卖。那天，一个经理在接到他送达的热气腾腾的饭菜时，咂巴着嘴高兴地说道："我还没吃呢，弥漫的香味就使我找到了家的感觉，很久没回家吃午饭了……"

可第二天再次送饭上门的时候，那人却说："虽然你送的饭菜味道还可以，但我还是想吃老妈亲手做的饭菜，我的家离这里不是很远，但我业务繁忙不能回家吃饭，如果你能中午把我老妈做的饭菜按时送来就好了，我不会白白地劳驾你的。"加拉瓦听后心想："反正我每天都要来这家公司的，只是多一份'私人订制'的饭菜而已！"于是欣然答应。哪知道其他人听说有这一项特殊服务后纷纷效仿，一位中年妇女对他说："丈夫喜欢吃什么，我最清楚，况且外面吃饭既贵又不健康，我想让你给我丈夫送。"于是他开始了一个大胆的想法，组织一个送餐协会！

由于送的是盒饭，他戏称自己是“饭盒人”，印度语称为“达巴瓦拉”，该组织于是取名为“饭盒人协会”。

送午餐听起来很简单，其中甘苦唯有送餐者自知。他招募了十几名员工，整日奔波，可很快就满足不了急剧增长的业务需求，更多的孟买人喜欢上了这种送餐方式，达巴瓦拉的队伍逐渐壮大，大伙都非常卖力，不管刮风下雨，风吹日晒，总能将家人做好的午餐按时送达顾客手里。虽然大多是文盲和半文盲，可每个人头脑里都有一张送餐网络图，几点取餐，几点送餐，从来没有出过一次差错。每天从家庭主妇那里拿过午饭，犹如将家人的牵挂和问候放在那4到5层的饭盒里，顾客接过家人做的新鲜饭菜时，还能感觉到食物从炉子上端下来时的热度，脸上溢满了幸福，他们被人们亲切地称为“饭盒使者”“亲情使者”。

如今的孟买街头，大约有五千多达巴瓦拉穿梭在大街小巷。每天，他们对来自不同地点的午饭进行分类，然后对目的地进行再次分类，在每一份午饭上做上一个带有字母和数字的编号。随后，将饭盒送上城铁，穿过孟买迷宫般复杂的街道，交到当地的达巴瓦拉手里，当地的达巴瓦拉再用头顶或手推车送达，跑完最后的运送路程。达巴瓦拉奔波的身影成了孟买街头一道独特的风景。经过一个多世纪的时光流逝，达巴瓦拉已经积淀为孟买城市文化生活中不可或缺的一部分。

在物流业异常发达的今天，达巴瓦拉一个人运送40个饭盒，每天就达20万个饭盒，在1600万次运送中只有一次错误，在管理学上已经超过了难度最高的“Six Sigma”标准，这样的水准，怕任何一家快递公司都不能保证，其效率就连美国的快递巨头都羡慕不已。能有今天的发展盛况，不仅依靠每个“达巴瓦拉”拥有努力、健壮、诚实、守时的素质，说到底，还是亲情这根线从始至终维系着达巴瓦拉的延续发展。

帮人排队，等待也有“钱途”

罗伯特·萨缪尔在纽约电话电报公司上班，虽然收入不算太高，可却是时尚一族，每当有时尚的产品上市的时候，他都会去观光，有时并不买，只为了饱饱眼福，尝下最先到手的快感。这不，当听说 iphone6 刚刚上市，他就和众多 iphone 粉丝一起在店门前排起了长队。

不时地有新来的顾客在队伍左右转悠，然后无奈地走到后面去排队。罗伯特排在队伍的前面，快要轮到他的时候，一个朋友的电话让他必须马上赶过去，就在他遗憾地离开的时候，过来一位女士向他问道：“先生如果离开的话，能把您的位置给我吗？我愿意付费。”罗伯特欣然应允，他心想，这也算是对自己起个大早的一种补偿吧。最终罗伯特以 150 美元的价格转让给了对方。

当朋友得知这件事后，笑他道：“排队也能赚钱，你也太有创意了吧！”对朋友的话罗伯特当时并没在意，回到家里后脑海里却产生了一个念头：何不开一家专门替人排队的公司呢？于是他打开 MoMA 网站——一家引领消费的主题商场。网友在上面的提问让他心动：你看了 MoMA 最新的展览了吗？你知道什么是牛角甜甜圈吗？……他心想："人们都不愿错过一些新鲜的事物，这种猎奇的心理每个人都会有，但不是每个人都有那么多的空余时间。"他做下去的信心终于坚定下来，于是辞掉工作，开始干起了这行。

替别人排队就要抢时间，而且要有耐心，无论多困多累都要坚持按时送到客户手里。为此罗伯特准备了一套装备——一个便携式充电器、两个 iphone、一个 iPad 迷你和一个暖手宝。一张草坪椅，而网络串流服务既让他听到摇滚歌星的演唱又可以随时随地看电影，排队等待的过程中，他没有一点儿无聊寂寞的感觉。

他的第一单生意是一个土豪客户，这位客户想让他的外地客人尝尝牛角甜甜圈的味道，为此罗伯特早早地就到面包店去排队。当他一手拿着睡袋一手拿着牛角甜甜圈出现在他们面前的时候，客户很是满意，他们觉得花这些钱确实是值得的。

很快，他成立了一个只有 7 个成员的专业排队公司，并且在网站上发布了自己的广告信息："只要耐心等待总会有好事发生。但是你愿意付钱让别人替你等待吗？我们是专业的等待者，给你一个许诺的位置，告诉我你的需要和时间，剩下的我们来做。"随后他把自己的服务详情在网站上做了公布，好多网友在上面点赞，而且有不少人向他发出服务邀请，他的生意越来越好，无奈公司只好扩员招人。

当海恩斯莫里斯的 Isabel Marant 系列上架时，他的电话更是响个不停，女孩们都想最快买到最新款的衣服，这时候他和他的团队就带着睡袋和帐篷去排队。排队第一个小时付费 25 美元，之后每个小时 10 美元。人们的爱好不同，新的产品种类繁多、层出不穷，公司的员工每天奔波在不同的商场和门店面前。无论下雨、下雪等天气，只要客户提出要求，就会准时替他们占住位置。好的信誉迎来了更多的客源，这种经商模式也得到了众多商家及客户的肯定和赞许，更给罗伯特带来了不菲的收益。

这世界，赚钱的机会到处都有，只要细心观察，就连排队等候的时间里也是“有钱可图”的。

· 买个短吻鳄道歉

他自小就种菜卖菜，生意越做越大，刚刚20岁，就创办了自己的公司，被人们誉为“酱菜大王”。随着资本积累增加，他对公司的管理越来越严格，总是板着一副面孔，每当员工看到他严肃的目光瞄上自己时，心里就会紧张忐忑半天，这种不快的工作环境让很多员工产生了抵触情绪，严重影响了工作的绩效，公司的生意也遭到了阻力。

有一次，他外出旅行，刚准备出门，听到两名工人小声嘀咕道：“但愿多出去一段时间吧，整天看那张发霉的脸，什么活儿都不想干了……”他刚想发火，似乎觉得又不妥，就假装没听到，直接坐车走了。

回来后的他像换了一个人一般，不仅拿出好吃的让大伙儿品尝，还在工厂中央摆放了一个大玻璃箱，里面有一只巨大的短吻鳄！他面带微笑说：“怎么样，这家伙看起来很好玩吧！”在当时，如此巨大的短吻鳄非常稀奇。围拢过来的员工在惊愕之余，都不知道老板到底葫芦里卖的什么药，大家都高叫着好玩。他接着说道：“一直以来，我只认为物质刺激是唯一的工作动力，忽略了大家的感受，我为以前的所为而愧疚，在此向大家道歉。我把面目难看的短吻鳄买回来，就是时刻警示自己：丢掉自己那副臭面孔，与大家一起共享工作和生活的快乐才是最重要的！”

在随后的公司管理中，他彻底改掉了以前那种高高在上的姿态，经常到员工中间去，与他们聊天，了解他们对工作的想法和生活困难，并不时地鼓励他们。到了哪里，哪里就谈笑风生，其乐融融。他虽然身材矮小，但员工们都很喜欢他，工作起来也特别卖力，彻底打破了业主与员工的森严关系。与员工苦乐共享的风度，使他的员工们获得了一个融洽快乐的工作环境。

他就是具有世界级影响的超级食品公司——美国亨氏公司创始人亨利·海因茨。在当时，亨氏公司提供的食品种类已经超过了200种。

很多管理者，总认为板起面孔才能赢得下属的尊重，树立起自己的权威。这其实走入了管理的误区。板起面孔并不能真正成为权威！只有放下你的尊长意识，去做下级的朋友，你才会有更多的快乐，也将使工作更具效率、更富创意，事业也终将辉煌！

第七辑

价值70万美元的建议

不要把别人在自己面前揭短全都看成敌意和伤害，在别人挑剔的目光和刻薄的言语里，冷静睿智的人更能看清并找到自己的偏颇之处、虚心纳谏，从而使自己走上成功之路。

电子“试衣间”

山直小美是日本一家IT公司的员工,平时工作很忙。那是一个难得的休息日,男友松本邀她去逛街。

两人一边攀谈,一边慢悠悠地走着。路过一家衣服大卖场,松本对她说:“整天坐在电脑前,眼睛都变成‘熊猫眼’了,买件新款衣服靓一下吧……”“还靓呢!就我这体型?”小美半是嗔笑半是自嘲地回答。走进里面,各种花色、多种样式的衣服让人看得眼花缭乱。小美精挑细选,反复试穿了好多遍,最后才看中了一件不错的紫色风衣。每次试穿,脱下身上的,穿上要买的,小美都有点被虐的感觉,非常难为情,只为自己臃肿的身材。

路上,小美再次提到这件事情。松本逗笑着说:“是不是走进试衣间,就像笼中的什么来着……”气得小美直拖着松本的肩膀向下坠。回家后,小美心想:“买衣服的时候,不论胖瘦,都嫌试穿太麻烦,网店的衣服虽然经济实惠,可是没法亲试号码,购买后总避免不了退货的麻烦。如果能做到自动量体买衣该多好!自己是做IT的,何不尝试下呢?如果成功的话,将会有很大的市场空间。”

小美对这件事很上心，没多久，就设计出了一款自动量体 App 软件。将这个软件安装在一个类似于房间的小箱体内，顾客试衣服的时候，根本不用像之前那样将身上的衣服反反复复地脱下穿上，只要走进箱体内，只需 10 秒钟的时间，身体上有 20 万处的尺寸便会被扫描记录下来，然后会自动将顾客的体型与衣服尺寸“对号入座”。如果是网上购衣，顾客还可以用显示的数据尺寸做参考，这样就很轻松地挑选出了穿着最佳的衣服。小美为自己的产品取名为电子“试衣间”。

这个新奇的装置出现在市场后，得到了众多消费者的青睐，许多服装专卖店纷纷购买使用，小美大赚了一笔。如今，在横滨的 SOGO 百货店、东京都江东区的伊藤洋华堂内都可以见到它的身影。下一步，小美准备将这款软件改做成手机 App，给更多的人提供一个随时随地的“试衣间”。

从生活中发现并捕捉到创意，用科技手段把它表现出来，不失为一种致富之道。很多时候人们在生活中会冒出各种各样的奇思妙想，只是大部分人置之不理了，而那些认真深入研究的人最后往往能收获意想不到的财富与创造。

伦敦街头的投票箱

今年夏天，我和朋友们一起去伦敦旅游，旖旎的英伦风光陶醉了同行的每一个人。当我们走在伦敦街头，却发现一个奇怪的现象：几乎在每一个公交站台都有一个投票箱。当时既没有大选，也没有什么大型的政治活动，为什么要设这样一个投票箱呢？

经过细看并询问当地人，才知道，这事要从摄政公园说起。

摄政公园是伦敦仅次于海德公园的第二大公园，每年游客接待量很大。去年4月以来，游客数量急剧下降，为了找到症结，公园管理处采取了调查问卷的方式，结果显示，是公园的环境卫生影响了游客的兴致。

调查中，有的人反映个别游客乱扔烟头，将嚼过的口香糖随地胡吐；环卫工人则埋怨清扫太困难，搞得烦不胜烦；还有游客投诉在公园游玩后，开车回家，却发现鞋底与油门踏板粘在了一起，差点撞车。

管理处赶紧召开会议商量对策，有人说，烟头就像“小脓疮”，口香糖好比“牛皮癣”，不好治愈；有人建议取缔周边商贩或园内严禁销售这些东西；还有人提出多投入资金，改善环保配套设施；但有人却说垃圾桶太多既不美观,也不会根治这种现象……最后,大家在取缔和罚款这两种方法上取舍不定。主任帕恩说道:“我们投票吧,哪种方式得票多,我们就采取哪种。”帕恩拿出投票箱的时候,坐在一边的约翰说道:“我想到一个办法,不知大家赞成不?”当约翰将自己的想法说出后,引来大家一片叫好声,都说这个主意高!

很快,游客们发现,在公园的长廊中放置了一个精美的方桶形箱子,箱子中有两个漏斗,箱体上写着这样一行字:“谁是世界上最好的足球员?C罗还是梅西?你手里的烟头就是选票,投上一票吧!”没走多远,当游客烟瘾发作,在草坪中石桌旁坐下来抽根烟的时候,又会发现,这里又有一个圆筒形箱子,箱体上则写着这样一行字:“你想看哪个比赛?F1赛车还是美国网球公开赛?拿起你手里的烟头投上一票吧!”当游客嚼着口香糖走累了,坐在凉亭下想小憩一会儿的时候,会发现柱子上挂着一块板,板上面是一个窄窄的屏幕,上面还是写着一行字:“知道我们每年用了多少钱去清理粘在街道上的口香糖吗?把口香糖沾上去就可以看到答案了。”而游客好奇地将口香糖粘到板上的时候,屏幕上就会出现答案:5600万镑!当下一个人将口香糖沾到板子上时,屏幕上又会出现另外一个问题:“每年丢在伦敦街道上的口香糖重量有6吨,等于8个红色电话亭那么重!沾上口香糖就可以看到图像了。”游客按位置粘好后,电话亭的图像就出来了。有时候,把口香糖沾在上面会出现一个名人的脸,游客把这个人的名字发送信息到固定号码还能得奖呢!

自从这些形式各异、趣意昂生的精美投票箱投放园中后,摄政公园的游客量一下子猛增,营业额骤升。因为,它既美化了环境,又让一些游客改变了过去的陋习,还增强了游玩的兴趣。伦敦市政管理人员看到这种情况后，也立即仿效起来，在市内人口流动密集的地方放置这种投票箱，减轻了环卫部门的工作量，成了伦敦一道亮丽的风景线。

一个独特的创意，既改变了一个公园的窘况，也改变了一个城市的面貌和形象。只有突破局限，创新出招，才会收到事半功倍的神奇效果。

价值 70 万美元的建议

1903 年，施瓦布到伯利恒钢铁公司担任总裁，由于公司管理出现问题导致效率低下，苦于找不到解决的好办法。

有一天，在路过炼钢高炉车间的时候，高炉负责人艾维拿着扇子似摇非摇地正打盹，看到总裁来到身边，艾维只把屁股挪了下还继续摇扇子。

施瓦布对他说道："这可是上班时间，你是车间负责人，要带领你的团队提高效率！光打瞌睡可不行。"绵软的话语里只有提醒，没有批评。哪知道艾维听后却反击道："你制定那么高的生产目标合理吗？任凭员工如何努力也达不到，所以除了磨洋工还是磨洋工！"

"全公司如果都在磨洋工，那效率哪儿去了？"施瓦布说。

"你只是比我运气好罢了，我如果像你那样摸到一张好牌绝对不会这样做。"施瓦布听到这句话，真想上去揍他一顿。原来，施瓦布 18 岁在卡内基钢厂做打桩工的时候，每天只能挣到 1 美元的报酬，为了快速积累资本，实现自己的梦想，他经常到钢厂附近的大型赌场试一把，后来一夜之间咸鱼翻身。由赌徒到总裁，神话般的逆袭，把施瓦布推到了社会上层，没有想通过这种途径成了有钱人，他最忌讳别人谈自己的发家史。艾维这句话明显揭到了施瓦布的短处，可是他并没有大发雷霆，而是耐心地问道："如果是你，公司效率这张牌该咋出呢？"

艾维看到老板一副求经若渴的样子，卖起关子道："我能提高手下人的效率，还有销售量，只要允许我跟每个部门主管谈上15分钟的话，看不到效果，一分钱不要。"施瓦布听后欣然答应。

三个月后，公司效率果然大幅度提高，销售量也突飞猛进。施瓦布坚持使用这套方法，在5年时间里，伯利恒钢铁公司多赚了几亿美元，一跃成为世界最大的独立钢铁生产企业，施瓦布也成了世界有名的钢铁巨头。

其实，艾维只是向每个部门主管提出了一个相同的要求：在每天离开办公室前，都列出第二天必须要做的最重要的6件事，并按照优先顺序排列。每做完一件就划掉一件，然后接着完成清单上的下一件事。如果哪件没完成，就把它写到第二天的清单上去，这就是管理学中经常提到的"时间管理清单"。

当施瓦布给艾维寄去一张面额2.5万美元支票（按现在应为70万美元）的时候，很多人都表现出吃惊的样子，施瓦布却说："这是他给我上的最珍贵的一课，这个建议的价值不止这个数。"

不要把别人在自己面前揭短全都看成敌意和伤害，在别人挑剔的目光和刻薄的言语里，冷静睿智的人更能看清并找到自己的偏颇之处、虚心纳谏，从而使自己走上成功之路。

一个5亿美元的缺陷

1994年年底,美国一位教授在运用计算机进行数学运算时发现除法错误,当他向外界透露是因为英特尔芯片的问题之后,美国各大媒体纷纷报道此事,被称为业内楷模的英特尔一下子处于一片指责声中。

面对这一致命打击,英特尔迅速为用户更换所有的问题芯片。仅此一项,英特尔就花费了近5亿美元。在公司董事会上,有人愤愤不平地说:"用户在出现问题后不找计算机制造商,矛头却直击咱们公司,太没道理了吧!"还有人说道:"这只是处理器上的一个芯片在设计上的浮点缺陷导致的,计算机在90亿次除法运算中才会出现一次的错误,这种概率可以忽略不计。"其他人也纷纷应和,总裁格鲁夫对此问题却始终一言不发。

3个月以后,英特尔的订单不降反升,很多计算机制造商提出合作,原来受控于制造商的英特尔公司转眼一变却控制了制造商。有人不解地问格鲁夫:"在决定公司命运的危急时刻,你是怎么让公司转危为安的呢?"

格鲁夫微笑道:"客户能越过计算机制造商直接找芯片生产商,说明英特尔在用户心目中不仅是一种产品，更是一个品牌，是整个业界与消费者对我们的信任！虽然损失了5亿美元，但让我看到了这个缺陷背后潜在的危险，一个小芯片将会摧毁一个品牌。危机也是转机，对更大危险的预料才是改变公司命运的关键。”

危机出现时，能看到潜在的更深层次危机的发生，主动出击，体现了一个人的远见和智慧。

像卖茶叶一样卖海带

安藤在北海道新千岁机场附近开着一家食品店，主要经营海产品。但附近同类型的店面太多，同质竞争导致价格暴跌，利润空间被极度压缩。即便这样，还有不少挑剔的顾客表示不满意。

一天，郁闷的安藤回家吃过晚饭，想着小店以后的出路。他想：继续参与竞争，盈利的可能性微乎其微，关闭了又太可惜，毕竟经营了十几年了。他双眼盯着杯子里翻滚漂浮的茶叶，那细细的茶叶舒展开来，相互缠绕在一起就像一个个爱心在跳动。他心灵光一闪：我所卖的海产品里，海带是最多的，如果像卖茶叶一样卖海带，也许能改变现状。可是谁会买小包装海带呢？除非它有特殊的作用和意义。

经过一夜的思考，安藤决定走一条与众不同的经营之路：单卖海带。安藤联系了一家食品加工厂商谈合作事宜。没多久，第一批按照安藤的思路设计制作出的海带正式开始销售。经过一段时间的推广，来北海道观光的游客都知道这里有一种新奇的海带，除了食用，还可以表情达意。

其实，海带只是进行了再加工。按照安藤的设计，工厂将海带切成不同的长条，除去海腥味后，烘干放在不同的模型里。经过干燥包装后的海带被贴上了各种标签，有“长寿”“幸福”“合格”“谢谢”“爱你”“对不起”等多种类型供顾客选择，安藤给自己的产品起名叫“文字海带”。为老人祝寿的时候，在茶杯里放进选好的海带，冲进开水后，海带就舒展开变成“祝您健康长寿”的字样；在新人的婚礼宴席上，经热水泡开的海带则变成了“白头偕老、幸福美满”的字样。来这里买“文字海带”的顾客络绎不绝，除了为老人祝寿、为新人祝福，还有在考试前预祝考试者合格的、用于表达夫妻之间的恩爱、夫妻吵架后道歉的，每个顾客在这里都可以找到自己需要的海带。

只有二两重的“祝福语”比一斤普通海带要贵2000日元，快赶上一斤茶叶的价格了，但是顾客热情不减，反而有越来越多的人光临安藤的小店。

“一磅”书的畅销

20世纪40年代初，一名叫作奥图尔斯的出版商接到了一单生意，一位中学教员央求他，想把自己多年来写的文章结集出版。当奥图尔斯拿到书稿看到那晦涩难懂的内容时，连连摇头，他感觉无能为力。他告诉这位教师，即使出版了，发行量也不容乐观。教员再三恳求，最终只答应出版500本。

这本书出版后放在书摊上很少有人问津。内容艰深、文风怪诞、语言晦涩。书中多处令人费解的阐述，不仅增加了阅读时的难度，而且使不少人难以成读，望而生畏。奥图尔斯于是决定把剩余的300本存书当作废纸卖掉，能捞回多少算多少吧！工作人员从废品收购站回来后向他报告道：“老板，您别说，还真巧，300本刚好300磅……”奥图尔斯听后大吃一惊，怎么这么巧呢？突然又做出决定：“赶紧收回来那些书，咱们不卖了。”同时告知印务车间，抓紧时间加印5000本，奥图尔斯的举动让大伙儿莫名其妙。

原来，奥图尔斯想起了昨天妻子跟他提起的一件事。妻子告诉他，周围邻居从菜市场买菜回来后，都感觉菜贩给的斤两不对，可是却找不到校对的秤具。由于当时正处于二战时期，占领法国的德军为了制造军火，把当地居民的秤砣都收走熔铸成枪炮送往战场了。既然这本书的重量刚好一磅，何不用它来做替代品呢？奥图尔斯心里豁然开朗。

当图书销售摊主对购书的顾客做了特别介绍后，竟然出现了一股抢购风。来抢购的都是法国家庭主妇，很快销售一空，这本书竟然成了当时最畅销的一本书。

这本书就是法国哲学家让·保罗·萨特的《存在与虚无》，在当时男人的世界中根本无人问津，人们宁愿去谈论将军大衣上的一颗纽扣，也不会提及它。可当时谁会料到这样一本书却被后人誉为“人类思想的宝石”、代表着哲学上的最高层次呢！

评价一本书的价值自然是它的内容，它沦为主妇们秤砣的替代品是一种悲哀，但奥图尔斯却从另外的一个角度发现了这本书新的价值，那就是市场和利润，也使这本书能幸存。

首席狗粮品尝师

伦敦小伙菲利普·威尔斯在一家公司做平面设计,他有养宠物的爱好,没事的时候,牵着自己的宠物狗阿拉马拉四处溜达,是他感到最惬意的事情。

一天下班后,威尔斯发现阿拉马拉浑身打颤,连站起来的力气都没有。威尔斯赶紧找宠物医生检查,才知道阿拉马拉因为吃了劣质狗粮引起发烧。从此,威尔斯对买来的狗粮格外小心,买到狗粮后,他要先尝。慢慢地,威尔斯对狗粮的研究已经非常专业。

有一次,威尔斯在买狗粮的时候,发现狗粮有问题,他当即向销售人员指出来。销售人员辩解道:“这些都是组好的配方,怎么会有错呢?你这是纯属无理取闹!”

威尔斯答道:“虽然配方成分跟以前一样,但我感觉有一丝异味,这说明配方中有特殊成分导致了异味。狗的味觉比人发达,只要狗粮里有一点杂味,它们吃起来就会感觉不顺口,所以需要特别注意。”

听到威尔斯的解释,连周围的顾客都向他竖起大拇指。销售人员将这个问题反映给了厂家,很快就得到回复,这批产品是由于配方中的紫花苜蓿不干燥才导致异味，幸亏威尔斯发现得及时，才没有产生客户投诉。

2014年12月，一家宠物食品公司派人找上门来，以优厚待遇聘请威尔斯做狗粮品尝师。威尔斯爽快地答应。他要确保其气味与口味符合品牌的质量标准，同时负责开发新产品和提供建议。

狗粮中脂肪缺乏会造成宠物皮肤发痒、皮屑增多、耳部感染，矿物质缺乏则会导致骨骼疾病、贫血、毛发育不良等。从事这个行业以来，威尔斯研发的狗粮已达十多种，有给狗磨牙的，有零食和主食，还有专门的罐头和饼干。公司也因威尔斯的参与，销售额持续上升，公司效益比以前大增数倍。

目前，作为全球第一家宠物食品公司的首席试吃员的威尔斯，他的年薪已经达到5万英镑。把吃狗粮作为职业，这让很多人不理解，威尔斯却说："如果一个人真心喜欢宠物，自己的工作能带给宠物健康和快乐，是一件很快乐的事情。"

危机变商机

马雷克是美国一所大学的化学教师,学院宣传部领导要他设计一个节目,准备参与全校在下月即将举行的娱乐晚会,这让他想起了一件事情。

那天,朋友菲拉带着七岁的小儿子邀他在一家餐厅聚餐,由于菲拉对酒精过敏,于是要了几瓶可乐。就在他们边吃边谈时,突然一股高达 5 英尺的水柱窜出,然后四散而开。这个举动,一下子让马雷克及在场的所有人都惊呆了!原来,菲拉的儿子将一颗曼妥思薄荷糖丢进了刚刚打开的可乐瓶。这种糖外表比较疏松,容易吸水,当它遇到可口可乐等所有碳酸饮料中的二氧化碳时,会发生一种浸透作用,产生的大量泡沫就会顺着瓶口喷涌而出,形成巨大的水流柱。

想到此事的马雷克来了灵感,于是据此设计了这样一个节目:在舞台上,两名演员在表演了一小段舞蹈后戴上了护目镜,拿出卷成圆柱形的纸,就像漏斗一般,里面是排列好的曼妥思薄荷糖。两人几乎同时将 500 颗曼妥思薄荷糖投入到了 100 瓶可乐中,所有动作一气呵成,一股股水柱喷涌而出,形成了一个巨大的可乐喷泉,场面极为壮观,观众欢呼雀跃。这个节目因此获得了晚会节目评比一等奖。

当马雷克将这段视频上传到网上的时候，一下子流传开来，短短一周的时间，浏览用户达上千万，浏览次数达数亿次。很多人看后都对曼妥思薄荷糖及可口可乐产生了怀疑，网上甚至出现了“曼妥思薄荷糖与可口可乐一起食用=死亡”的帖子，生产厂家一下子被推到了风口浪尖。

面对这种谣言风暴，曼妥思薄荷糖的生产商不凡帝范梅勒集团和可口可乐公司很快做出了反应，他们迅速找到马雷克并与其签订了合同，赞助他并让其继续制作类似的视频，不同的是，视频中的表演分为几个片段：迅速打开可乐、迅速倒入薄荷糖；迅速打开可乐、慢慢倒入薄荷糖；用嘴含着薄荷糖喝可乐。结果出现了不同的现象：前两者泡沫四溢，后者什么也没有，因为把糖放在嘴里，通过咀嚼和唾液作用，糖表面马上会被破坏，遇到可乐中的二氧化碳就不会产生大量泡沫。这个加入对比的视频让人们终于懂得，表演中的现象和现实中食用是完全不同的概念。两家生产商将这段视频在自家网站主页上连续播放了三个月，同时举办视频大赛，鼓励人们提交他们自拍的可乐喷泉视频，越来越多的人参与到了这个活动当中。这使得曼妥思薄荷糖当年在美国的销售额大涨两成，创下了销售涨幅记录，可口可乐的销量也比同期大幅增长。

一段视频将消费者引入了认识的误区，可一段视频也粉碎了人们的谣言，可口可乐和梅勒集团凭借人们对该事件的高关注度成功地将其逆袭为了一场主题营销活动。他们的成功，再一次说明：危机是转机、是商机，关键在于当事人面对危机时的态度和智慧。

没有管理员的图书馆

十七世纪初，美国一名年轻的牧师开了一家图书馆，每天来借书的学生络绎不绝。随着时间的推移，牧师发现有些人借书不还，偷书、丢书的现象越来越严重。

妻子知道后非常气愤，她对牧师说："这些人太可恶了！不能宽恕他们，要不我们多雇几个管理员，让借书不还的人付双倍赔偿金？"牧师听后感觉这个方法不妥。

一周后，牧师做出了一个令人惊讶的决定，他宣布辞掉所有的图书管理员。让人奇怪的是，自从采取这种办法后，偷书、丢书的事情不仅没有发生，而且图书数量还比以前增加了许多，有好多学生把自己家中的存书都放到图书馆了，以便让更多的同学来分享，图书馆的经营状况越来越好。

于是有人请教牧师："请问您是如何想到这个办法的呢？"

牧师笑着回答道："我算了一笔账，如果正常聘用图书管理员，每年需要支付薪水3到5万美金，用这笔钱可以买更多的书籍，养人还真不如买书。书当然会丢，可丢书并不是坏事。我始终相信，每个人心中都住着一位上帝，那就是善意和良心。偷书，就意味着他想阅读。拿得越多，读得越多，书读多了，良心发现，他们会悉数送回的。而且，我们如此信任学生，学生怎么能不把家中读过的书奉献出来呢？”

这位牧师就是约翰·哈佛。1638年，约翰·哈佛去世的时候，他将自己的图书馆和一半财产留给了所在的学校，成为该校第一位捐资人，学校也正式更名为哈佛学院，即现在的哈佛大学。

卢梭说过：“善良的行为能使人的灵魂变得高尚，并且使他做出更加美好的行动。”约翰·哈佛以疏治堵，没有惩罚、只有宽恕，没有防范、只有信任。因为宽恕比惩罚更能洗涤人的灵魂，对人的道德教育也不是消极的防范，而是信任、引导和互助。

·起重机上开酒店

到荷兰阿姆斯特丹游玩，很多人都要到艾河河畔的法拉达酒店住上一晚，这家酒店吸引了众多的游客驻足，为它的精妙设计赞叹不已，因为它建在一架大型的起重机上。

这架起重机重达250吨，曾是世界上最古老、最高的港口起重机之一，为阿姆斯特丹的建设立下过汗马功劳，由于年代久远，早已不再使用。在市政建设规划会议上，市长科恩提出要将这架报废的起重机拆掉。他的这一建议并没有得到所有与会人员的赞同，一位名叫约翰的老工程师说道："我觉得还是要保留下来，这可是当年几百家公司和制造商联合建造的，花费了太多人的心血！"科恩说道："我们要对城市进行规划就不能不考虑它的去留，这样一个庞然大物闲置在哪里都不雅观。"约翰问道："难道我们就没有其他办法吗？"其他人听后不知道约翰葫芦里卖的什么药，大家都在想："已经不能再用的东西，放在哪里都是一堆废铁，还能有什么办法？"约翰向科恩市长打包票，给他时间，他要对这架起重机动一次大手术。

得到市长允许后，雄心勃勃的约翰联系了开发商并开始组织人员进行考察和设计，原来，他要将它改建成一个世界级一流的豪华酒店。这么大的一架起重机，老码头的地基是根本承受不起的，最终，约翰把地址选择在了艾河河畔的NSDM遗址上。这里交通发达、人口流动比较大，是人们休闲娱乐的好地方。

约翰带领他的团队经过三年的努力，终于让这架起重机起死回生并华丽转身，他以荷兰一位女英雄的名字给这座起重机酒店取名为“法拉达”。展现在人们面前的“法拉达”是一座漂亮的建筑，根本看不出它是一架起重机！上面有3间豪华的旋转套房，房间里空调、宽带等一应俱全，每个套间的下面装有黄金制成的推力轴承，当风吹来的时候，房间就会随风而转。站在房间玻璃幕墙的旁边，你可以观赏到阿姆斯特丹的滨海美景。当你累了的时候，如果不想在私人浴室洗浴的话，可以到上层甲板的热水浴缸里一边泡澡一边欣赏城市夜景，习习的夜风伴着城市的美丽夜景拂去你一身的疲惫。酒店最大的套房有35平方米，电视演播室配备高清电视和音响设备，大约有15平方米，可供举行各种派对。酒店与阿姆斯特丹中央火车站隔河相望，水坝广场、安妮·弗兰克之家、购物中心都在周围，距离渡轮也只有不到600米的距离，交通非常便利。

当“法拉达”正式开业后，吸引了来自荷兰及世界各地的众多游客，一个房间住一晚大约要花费500美元，很多人纷纷在网上预订，一个又一个的订单飞来，这里成了许多年轻人举办婚礼的场所，他们选择在“法拉达”度过自己的新婚之夜。许多商家也看好这里的环境，把它作为自己的私人商务会所，举办各种会议。在短短一年的时间内就收回了成本。

起重机上开酒店，看似荒谬的想法，实则为创意的举动，独辟蹊径，变废为宝。小小的一个创意，就可化腐朽为神奇。

谁送的土豆

雷格在美国得克萨斯州一家通讯公司上班，是一名手机应用程序开发员，女友索丽雅则是一个不折不扣的美食控。

那天晚上，雷格请她到一家餐厅吃宵夜，餐桌上，索丽雅说道："最近好友在脸书上晒的内容让我目不暇接，那么多的美食，我一个也不想放过，可是她们更新得太快了，还没有来得及细看，新的就出来了……"雷格说道："信息社会追求的就是速度，很正常。"

这时候，服务员端上来一盘烤土豆，望着烤得酥黄的土豆，雷格突发奇想，对索丽雅说道："我想用土豆试一下，这条路应该不会错……"他的话让索丽雅莫名其妙，连忙追问到底要做什么？雷格将自己的想法告诉她后，索丽雅嗤笑道："按你的做法，一个土豆也卖不出去，这是我听到的最蠢的点子，你还是尽早放弃。"但雷格坚信自己一定会取得成功。

约瑟夫是他的好友，那天突然给雷格打电话："是你给我寄的礼物吧？你知道我要做手术，你也知道我喜欢打高尔夫，可为什么匿名邮寄呢？这个惊喜让我心情舒畅了好几天……"雷格笑而不语，他知道，自己的创业计划成功迈出了第一步。原来，雷格买了10个土豆，写下不同内容，分别匿名邮寄给不同的朋友。约瑟夫收到的只是其中一个，上面写有这样一句话："希望你手术成功，下个月准时参加高尔夫比赛。"

随后，雷格建立了自己的网站——"土豆包裹"，用户登录网站后，预订一个土豆，附上一条要发送的信息，匿名寄送即可。这种已经OUT（过时）的寄送方式让每一个接收者都感到新鲜无比，怀着激动的心情打开邮包，土豆上的祝福语和暖心话让他们倍感温馨，匿名的方式让他们猜测着邮寄人到底是周围哪个朋友，美好的心绪持续了好久。

雷格为自己的土豆明码标价，大号土豆卖9.99美元，最多能写140个字符，而中号土豆的价格为7.99美元，最多能写100个字符。可以寄送到全美各地，甚至抵达外国。

2015年5月，"土豆包裹"正式上线，第二天就获得了2000美元的订单。许多顾客纷纷订购，有的将自己以前想说未说的话写在土豆上匿名邮寄给前女友或男友；有的祝贺同事升职；有的祝福生日快乐、毕业顺利等等。如今，雷格每月都能卖出一千多个土豆，每月业余收入达一万美元。

在这个瞬息万变的时代，快而新是人们崇尚的目标。雷格却独辟蹊径，快中找慢，用一种新奇的快递方式，帮助人们传达祝福和情感，掀起了一阵"土豆潮"。

“限时”餐厅

在费城最繁华的那条街，有一家名叫“尼盛谷丽”的餐厅，这家餐厅有二十多名员工，老板名叫琼斯。和同一条街的其他餐厅相比，由于位置偏僻，客源并不是很多。生意一冷清，餐厅员工对工作便也有了懈怠，琼斯担心恶性循环，但一时间也没有好的解决办法。

一次偶然，他在餐厅门口遇到了两位顾客，正欲上前打招呼，询问“吃得可好”时，就见顾客气呼呼地说：“吃得好，我们等了快半个小时了，上了两个凉菜后就没下文了，本想着来这儿人少，哪知道速度也这么慢！”听后，琼斯连忙道歉。

这一幕给了琼斯很大的触动。他曾经以为只是位置偏僻才使得餐厅生意冷清，却不想自己自信的菜品味道和质量竟败给了上菜速度。“既然等餐时间是顾客用餐的一个痛点，那能不能从节省时间上想办法呢？”

经过一周的思考，他开始实行新的经营方案。在餐厅大门口竖起一块“一美元，限时”的显眼提示牌，牌子下方赫然写着：“您的菜肴若在规定时间内没有上齐，我们承诺，每超过一分钟退一美元。”同时，还备注了上菜的速度标准，2—4人为25分钟，5—10人为45分钟，计时从打印点菜小票的时间开始。按照规定，在限定时间里菜品如若没有上齐，顾客便可直接到前台服务处申诉。而相应的责任人，不管是厨师还是服务员，是谁的责任便由谁来承担这部分的损失。

新方案推行后，有餐厅服务员因为没有及时将点单的菜品通知厨房，而导致上菜时间超过规定时间的，餐后餐厅主动退给了顾客相应的现金数，而与此同时这名责任人也会在月底收到金额对应的罚单，这一制度，也使餐厅员工一改以前那种涣散慵懒的工作状态。

限时上菜，超时退款！这种独特的经营方式让所有顾客眼前一亮，人们都想体味一下限时上菜的感觉。它不仅让顾客享受到了快捷服务，而且还提升了餐厅在顾客心中的诚信形象。琼斯的餐厅一改往日门庭冷落的局面，生意一下子红火了起来。

在市场竞争中，没有绝对的优势和劣势，只要善于思考和发现，隐藏的优势自然显现。

美容院里的特殊房间

20 世纪 90 年代初，德鲁斯在法国巴黎开办了一家名叫“雅丽华”的美容院，他的生意非常火爆，为当时美容业翘楚，不少业界老板都想前往取经，寻其兴旺发达、长久不衰的秘诀。

那天，一位名叫爱德华·曼的年轻人找到他说道：“我也做美容，但不景气，不知你是如何做的？”德鲁斯说道：“明天上班前，来我这里吧。”

第二天一大早，爱德华·曼就来到他的美容院，只见德鲁斯一人坐在大厅里喝咖啡，既没有看到顾客也没有看到员工。他惊奇地问道：“马上该上班了，怎么还这么冷清啊？”德鲁斯笑而不语，领着他走向二楼一个很大的房间里，走进一看，二十多名员工都在看书，有的甚至还大声朗读。爱德华·曼更加不解了，德鲁斯指着桌子上堆放的那些书籍说道：“这就是我们长胜的秘诀！”爱德华·曼的头摇得好似拨浪鼓一般，他实在不理解，这些报刊书籍对美容能起什么作用呢？

经过德鲁斯的一番解释，他才明白了其中的奥妙。

原来，德鲁斯最初的生意也很坏，他就找原因。那天，一位女士对他埋怨道:“第一次做美容,看到那些美容工具、药物,我内心其实蛮害怕的,美容师板着面孔更让我心里怵……”德鲁斯仔细观察,发现不少员工在工作时确实很少说话,也许是太专注。他心想:“如果员工沟通上做不好,必然导致顾客心情不爽,心理压抑。要让员工善于同顾客攀谈,就必须找到谈资,找到谈话的切入点。”如何改变这种状况呢?

德鲁斯想到了报刊,于是他每月把各种报纸杂志买回来,并规定每位员工在每天早上开始工作之前,一定要阅读,将读报纸杂志当作日常的一项工作来做。员工们每天都能从报纸中获得最新鲜的谈话资料,一边做美容,一边同顾客畅谈当天的新闻资讯,从天气、服饰、理财到股票,无所不谈。在这种聊天的气氛中,顾客既做完了美容,又放松了心情;员工通过读书,既提高了自己的文化涵养,又锻炼了口才,更博得了顾客的心。

以文化为卖点,不仅为德鲁斯带来了财富,更提高了竞争力。有时候,剑走偏锋,看似险招,却是娴熟驾驭的绝招。

第八辑

三分好奇　七分执着

一个人若能保持一颗好奇心，再加上坚定执着的决心和行动，那么他总是能发现一些别人预见不到的东西与宝藏。很多人往往停留在想一想的层面，从来不去实施，从画中看出端倪的，绝对不止狄米尔一个人，但却只有他最后发现了这个震惊世界的宝藏。

法师呵斥将军

民国时，一位将军大宴宾客。酒席中，人们都在夸赞将军的威武，席间还有几位文人专门针对将军的传奇经历吟诗赋词。将军满面红光、飘飘然了，美誉面前，将军产生了做一名儒将的想法。

于是，他找到弘一法师，要拜其为师，并请求为自己指一条道路。他说："我从小习武，读书很少，师父能告诉我一个改变自己的方法吗？"弘一法师听后回答道："唯有多读书啊。用你习武的劲头去读书吧，一定会有改变的。"弘一法师摸清他的底子后，精选几本书递给他，让其回去研习。

将军果然不负弘一法师之望，回家后精心琢磨、静心研读。不久，他再次找到弘一法师，并将自己写的读书笔记呈给师父看。哪知道弘一法师看后大怒，竟然呵斥起将军来。

弘一法师说道："你太荒谬了，笔记里写的都是些什么啊！读书应该汲取其中的精华，将其营养成分化为己有。而你却纠缠于糟粕之中，怎么会有长进呢！"

将军接过自己的笔记细看，里面全是书中的不足之处和自己的不满意看法，没有一字批注书中精华在何处。

听了弘一法师的劝告，将军顿时领悟，改变读书方式后，将军很快就有提高，无论谈吐还是行事，儒雅之风顿显。

逃离精神病院

一天,在意大利米兰的一家餐厅,突然闯进来几名陌生人,将正在就餐的马尔克绑起来就走。周围一片惊愕,大家都以为发生了绑架案,甚至有人要拨打报警电话。

马尔克被架到餐厅外面的一辆大篷车上，车门关上，里面光线马上暗了下来。他想大声嘶喊，喉咙里却发不出任何声音，隐约中看见还有两位和自己一样被绑的人。他正寻思这是怎么回事，突然，一名白衣人靠近了自己……

当马尔克醒来时,已身处一个小房间:白色的墙壁,白色的床单,窗外有医护人员走动,不时传来病人们尖利的号叫声和喃喃自语、语无伦次的呻吟声。马尔克心里明白了,这里是精神病院!房间里还有两名与自己同时被抓进来的男子——佐罗与托马斯,他们表现得异常焦急,只要一看见医护人员走进来,立马上前解释:“医生,你们抓错人了,我没有精神病……”医生一脸漠然,好像没听见一般。但他们越是若无其事,佐罗和托马斯越焦躁,想尽一切办法接近医生和护士,反复辩解。可是医生却严肃地警告道:“你俩不仅有病,而且还病得不轻,真不行，就对你们进行隔离治疗。”很快，两人就被关进了单独的房间，任其如何吵闹也无济于事。

面对高墙大院，多重守卫，佐罗两人始终没有放弃逃生的机会。可马尔克却非常镇静，像没事人一样过着“平常生活”：看书、读报，规律作息，按时吃饭、吃药。每次与医生见面，马尔克总是表现得很友好，并报以感谢和微笑，没有丝毫的抵触情绪。那天，医生给他服药时，他对医生说道：“您漏系了一颗扣子，您的衣服面料真不错！”医生很奇怪，就问道：“你觉得哪里不错啊？知道这是什么面料吗？”马尔克曾经做过布匹生意，对此深有经验，他从面料的花色、样式等方面逐一说起，条理非常清晰，医生开始对马尔克有了新的看法。没过多久，这位医生就向领导报告了马尔克的情况，经过“医学鉴定”，马尔克已经“痊愈”，最终成功“出院”。走出精神病院大门，马尔克立刻报警，将佐罗和托马斯也解救了出来。

经过警方调查得知，精神病院运送病人时跑丢了3名病人，误将长相相似的马尔克等3人作为精神病人收诊。有记者问马尔克：“被别人误认为精神病人，你是如何来证明自己的呢？”马尔克平静地说：“证明自己不是疯子的最好方法，就是不去证明。”

面对生活中的各种误解，与其喋喋不休地洗清自己，不如安心做好手中的事情。有时，不证明就是最好的证明。

· 监狱长组织的游戏

在美国一座监狱里，有一段时间非常混乱。犯人之间矛盾频发，干活磨洋工、绝食，甚至一度出现拿纸折刀与狱警发生冲突的现象。为了改变这一状况，监狱长曾想过各种办法。让犯人相互监督、用苛酷的监狱制度来惩治，但这些措施都于事无补。

一位新上岗的狱警找到监狱长，自告奋勇地说："我有解决的办法，只需要每天给犯人们半小时！"初听惊讶的监狱长在听他细心解释后，最终决定让他试一试。

原来，他让囚犯们每天用半个小时来做游戏！这个消息引来众多犯人的欢呼。在监狱这封闭的空间里，不让做那些枯燥、繁重的苦力活那真是天大的好事，尽管每天只有半个小时，就足以给沉闷的监狱生活带来一丝生机。

于是，他将囚犯分成一个个的 12 人小组，小组里的囚犯两两结合进行"解手链"。游戏的规则是：囚犯之间如果合作，便可得到 3 分，对立只能得 1 分，如果有一人和别人合作之后反戈一击则可得 5 分，而另一人只能得 0 分。比赛结果登在狱中监管表现记录上，它将直接影响到犯人的出狱时间。犯人们热情高涨，参与的积极性很高。

半个月后，狱警公布了成绩，那些经常“被骗上当”的犯人居然分数最高！而自以为很聪明的犯人分数极低。这些“聪明人”在游戏中总是先骗人合作，然后再反咬一口，最初自然能得到高分。但时间一长，小组内成员再无人肯跟他合作了，只能得到可怜的1分；而宽容的合作者总能得到3分，并且由于他不会背叛，其他人都愿意与其长期合作，保持和谐的关系。这些“傻傻”的犯人自然就胜出了。

在后来的日子里，每一位犯人都能够很好地去配合，不仅仅在游戏过程中，还表现在监狱生活的各个方面，监狱的秩序也好多了。

犯人做的是游戏，接受的却是一种心理教育。它提醒每一位犯人，使诈必定失败，唯有合作才有和谐，唯有共生才有共赢。

将枪口对准战友的士兵

这是越南战争中的一次战斗，在美军的层层包围及猛火攻击下，越军节节败退，锐气明显下降。随着包围圈的缩小，已经听不到对方还击的枪声，也看不到越军士兵的出现，看样子已被完全歼灭。

美军停止了射击，司令官格林命令部队分三个纵队前行摸排搜查。杰克是第一纵队长官，就在大家前行途中，突然，几个越南平民的身影出现在他们的视线里。战士们立即举起了手中的武器，齐刷刷地瞄准了这几名平民。

“停下，放下手中的武器！你们开枪，我也开枪！”嘶哑而急切的吼声突然从身后传来，杰克和战士们扭头一看，一名士兵站在队伍最后扛着机枪正对准着大家。几秒钟的僵持之后，杰克命令士兵放下武器，而那几名越南平民也早已跑得没了踪影。随后，杰克下达命令，这名士兵立即被捆绑了起来，以扰乱军队秩序罪送到了部队军法处。

美军长官对他进行调查时问道：“你知道军人的天职是什么吗？为什么倒戈一击将枪口对准战友？”

“我知道军人的天职，可我更知道当时面对的是平民，战争的目的是为了和平，为了人的生命安全。战场上伤害任何一个无辜者的生命，都是与战争的目的相违背的……”这名士兵义正辞严地回答道。美军长官被驳得哑口无言。

这是一名很普通的士兵，他叫休汤普森。若干年后，在一家公司“谁是你心中的英雄”的民众调查中，休汤普森在被选出的20位人中位居第二。尽管他在长达十多年的越南战争中遭到了非难和多次调查，但他面对残酷的战争，却能保持一颗清醒的头脑；面对杀戮和流血，不把自己当作战争机器，仍能让隐藏在心灵深处的人性抬起头来，用其独特的思考打破了世俗的战争观，让人们看到了人性芬芳的一面，从而成为人们心目中的英雄。

打上针孔的英镑

1939年9月,二战全面爆发。为了全面控制战争局势,德国刑警头子奈比向帝国中央保安局长海德里希提出伪钞制造计划,以此来引发公众对盟国货币的信心危机。当海德里希向希特勒报告时,希特勒立即批准,但前提是只能针对英镑。

伪造英镑绝对是一个极富挑战性的工作。二战前的英镑,设计流程繁杂,工序多样:不列颠尼亚女神图案是委托专人特别设计,水印由造诣精湛的工艺师精心制作,连印钞专用的亚麻纸都是十字形交叉的,而且使用了独一无二的多层叠加工艺,英镑上的数字编号都采用了非常复杂的算法编码过。

为了伪造出高仿度的英镑假钞,德国成立了专门的设计小组,集中了最优秀的雕刻、造纸技术和负责推算英镑纸币编号规则的数学专家等。1940年年末,终于制造出了以假乱真的英镑。纳粹特工带着一大笔假钞来到瑞士银行,提出要兑换9万法郎,银行工作人员经过一番细心辨认,最终鉴定,一张假钞也没有。当予以兑换时,特工却说道:“我是从一名沙特商人手里拿到这笔钱的,一直不放心,你们再认真看下,说不定是假的呢？”银行工作人员再次细致地检验了一遍，很明确地告诉他：这些都是真币，如果你不放心，可以拿到英格兰银行去鉴定……特工果然拿着这笔钱去了伦敦，经过银行专家鉴定，最终只挑选出了10%的假钞，并确定其他均为流通中的英镑。至此，英镑假钞开始大规模生产。

假钞制作需要秘密行动，一名叫作本哈德的军官提出让犹太囚犯来进行，该行动就取名为“本哈德计划”。他挑选了134名囚犯，组成了一支精湛的造假队伍，集中到柏林萨克森豪森造币厂。囚犯们对纳粹这种不正义行为非常不满，采用各种办法来阻挠“本哈德计划”的实施，甚至将假钞拼成“英格兰银行”的字样贴在伪钞车间的门上。囚犯们的不满、怠工并不能阻挡大量的假钞外运。当假钞送到其他占领区的时候，很多被用于购买黄金和食品，甚至购买英美空投的轻型武器，可运到英国大部分地区后，却遭到了众多民众的抵触。本哈德经过细心观察发现。原来，英国民众没有使用钱包的习惯，爱将大面额的钞票折叠起来，并且用别针钉在一起，因此，钞票上一般都有针孔。

于是，本哈德如法炮制，印制假钞时候，让囚犯在钞票面上打针孔，看上去会有一种很旧的样子。他心想：“这次一定没有疏漏了！”可面对造假如此完美的钞票，很多英国民众还是不接受！此时，假钞已经制造了一亿多英镑，最终才发现，囚犯们虽然在钞票上打了针孔，但针孔打在了英镑票面上的“大不列颠”的字样上了。原来，英国人自小心里就植根有一种观念：“爱钞就是爱国”，虽然爱用别针订钞票，却从不在这几个字上打针孔。

最麻烦的设计

鹿特丹是荷兰第二大城市，地势平坦，水陆交通都发达。1995年，鹿特丹修建了两条地铁线路，分别由荷兰本国专家和德国铁路专家设计承建。

当两国专家将设计方案交到市长丹尼恩手里时，他反复比较，觉得德国专家的设计方案太麻烦，于是召开会议，商议是否终止合同。会议上，很多人对德国专家的做法不理解：在每一个室外出口都设有三级台阶，还根据地形、地势，在每一个地铁出口处都设计了一个转弯，这样做不是增加出入的麻烦吗？有人认为，靠近站台约五十厘米内铺上金属装饰，虽然好看，但增加了施工成本，简直是浪费！甚至有人说，这是他见过最麻烦的设计，还是本国设计方案简约实用。可单方面毁约要赔偿违约金，于是，政府决定各自施工，让事实说话。

一年后，两条线路修建完成。交工时，丹尼恩对德国首席设计师佩拉尔说：“你们的设计真‘好’，豪华、高端、大气……”佩拉尔只是微微一笑：“我们尽心了，时间会证明一切。”

运营刚开始，德国设计的地铁线路就招来了很多乘客的怨言。一个月后，一场前所未有的大雨使舆论的风口瞬间逆转——原来，鹿特丹处于荷兰低地区，低于海平面1米左右，三级台阶可以阻挡雨水倒灌，减轻地铁的防洪压力。这个城市人口流动量大，那些弯道大大减少了地铁站台和外部的热量交换，从而减轻了空调压力。站台最外边的金属装饰给乘客心理暗示，所有人都会下意识地站在地砖所在的范围内，和地铁保持了大约五十厘米的距离，这样反而保证了乘客的安全。

相比之下，荷兰设计的地铁线则遭到了雨水漫淹、巨额耗电、安排专门的人员来提醒乘客等境况，运营成本远远高于对方。丹尼恩不得不为自己最初的主观臆断而感到惭愧。

许多看似繁杂的做法都有其存在的意义，德国的设计看似华而不实，实则充分考虑了各方面因素，注重了每一个容易让人忽视的细节，才设计出了最实用贴心的地铁。

· 建　议

20 世纪 90 年代初，一项供电工程要在德国阿尔卑斯山北部施工，施工点处于海拔 500 米的山顶上。工程要求极严，既不能破坏周边的环境，又要保质保量地完成，而且工期只有 3 个月。

戴尔接手这项工程后，立即召开公司管理层会议。在会议上，大家议论纷纷。有人说：“要施工，先修路，没有路，施工材料如何运上山？”立即有人反驳道：“如果用机械劈山修路，势必会破坏山体和周围的植被，造成水土流失……”还有人说：“工期那么短，修路至少也要半个月的时间，肯定完不成任务。”很多人随声附和。

戴尔无奈地问大家：“难道我们没有更好的办法吗？”会场上鸦雀无声。

这时候，一名正在倒茶水的服务生说：“我倒有个好主意，不知道你们愿不愿意采纳？”众人惊异的目光聚焦在这名服务生身上。他说：“我发现山里的居民还是那种原始的生活方式，运输东西都是骡驮马拉，如果用骡马来代替汽车不是一切麻烦都解决了吗？”戴尔听后觉得很有道理。

很快，戴尔雇佣当地居民用骡马将一筐筐石料等工程材料驮上了山顶，既省下了筑路的工期，又保护了生态。最终，工程如期完成。

事后，戴尔说："我们的惯性思维太强了，以至于忽略了当初所处的位置，在一个不必修路的地方修路，真没必要。"

现代化的建筑工程采用原始的运输方式，看起来不可思议，但它行之有效。抛弃思维定式又结合实际的做法，谁说不是一种创新呢？

小虾米，大用场

二战期间，美国和日本在太平洋展开激烈争夺。日本成功偷袭珍珠港后，驻太平洋的美国海军为防备日本的潜艇来偷袭，就在停泊舰队的港口水下安置了很多监听器。一旦日本潜艇突然袭击，监听器就可以监测到潜艇马达的声音，美军接到警报就会迅速出击。面对美军的防偷袭利器，日军指挥官南云忠一多次召开军事会议，但毫无对策。

就在一筹莫展时，一名军人找到他说："我有一个很好的办法，绝对能破解美军的这一防备对策……"南云忠一听后连连点头。

没多久，美军发现了一个奇怪现象：好几艘日本军舰优哉游哉地出现在太平洋海面上，没有丝毫的剑拔弩张，仔细看去，军舰上的日军撒着网在捕捞鱼虾！靠近后，听到日本士兵们的谈话才知道，近段日军供给不力，物资匮乏，只好捕捞一些鱼虾来改善生活。得知这个消息，美军预测日军必会军心大散，战斗力定会削弱。

一天夜里，美军所驻扎港口的监听器传来了警报声，紧急出击的美军却一无所获。经过仔细勘察，发现所在海域出现了大量的虾，虾群发出极大的响声导致报警声不断。怪不得日军士兵撒网捉虾，居然是虾群来袭！一场虚惊后，美军松了一口气。就在掉头返航时，突然间，一声声轰响不绝于耳，美国军舰遭到鱼雷重创，舰体慢慢向下倾斜……

原来，给南云忠一出此妙策的是一名军事科技专家。他在纳粹轴心盟国德国的通报情报中发现一条失败的消息：德国研制过一种音响水雷，只要听到舰艇的马达声，就会自动引爆，炸毁敌舰。他们希望利用这种水雷封锁水上航道，可煞费苦心研制的水雷并没有起到预料的结果，水雷还没有碰到舰船，就开始接二连三地爆炸，罪魁祸首就是海里的一种虾——弹指虾。弹指虾是海里一种能发出像弹指一样声音的小虾，它们游经水雷附近时提前引爆了水雷，才导致了失败。

这条失败的消息让他茅塞顿开：弹指虾能发出响声，何不利用它来掩盖潜艇的行进声呢？果不其然，日军将捕捞到的弹指虾集中起来，悄悄投放到美国舰队停泊的海域。弹指虾在水中活动，发出的声音的频率比潜艇行进时发出的声音频率要高。无数的弹指虾聚集在一起，发出的音响完全淹没了潜艇的声音，美军的监听器中，只听到一片弹指声。借着弹指虾的掩护，日军的潜艇神不知鬼不觉地靠近美军舰队，发射了鱼雷。

即便是不起眼的小虾，在硝烟弥漫的战场上一样能发挥无法预估的巨大力量。

关键性的手术

1940年，德国空军对罗马尼亚的普罗耶什特油田开始轰炸，盟国空军全力反击。双方均损失惨重。

在德国空军指挥部，首席指挥罗伯特说道："这样对峙下去，德国空军的战斗力将极大地削弱，空军是德军最强悍的主力，我们必须想办法改变。"很多人认为，仅仅凭德国空军的实力，耗也能耗过盟军，没什么可担心的。沉思良久的副将戴维斯说："我觉得可以采取低空俯冲扔炸药的方式攻击。"此言一出，立刻引起在座几位军事专家一致反对：不行，不行，那样做无异于自取灭亡，仅仅地面射击就会摧毁整架飞机。

戴维斯说："低空俯冲扔炸药确实有危险，但真正的危险不是来自对方的地面射击。"接着，他对罗伯特耳语一阵，罗伯特开心地笑了，随后宣布散会。

这个办法十分准确有效，盟国还没来得及地面反击，飞机早已迅速升空飞远。看到这种情况，盟国也模仿这种方法反击。哪知道飞机俯冲下去后，再也不能拉起来重新升空，结果导致机毁人亡、损失惨重。

德国空军取得了最终胜利。

原来，飞机俯冲时，周围气压迅速增加，飞行员的中耳内负压会急剧产生，导致耳鼓瞬间破裂。剧痛会立即引起反射性心率过缓，致使飞行员大脑供血不足而当即丧失意识，事故随之发生。这才是低空俯冲轰炸的真正危险。

戴维斯提出这个建议的时候，既预料到了危险，也想到了对策。他只给飞行员做了一个小小的耳鼓穿刺手术，就巧妙地化解了这个难题。因为耳鼓是个特别敏感的器官，耳鼓膜由三条颅神经感觉纤维支配，三条神经各所支配区域的交汇处，有一个“三不管”的地方，没有任何感觉神经纤维存在。在这个地方施行耳鼓穿刺，既不疼痛，也不出血，而且三天后完全愈合，不会留下听觉上任何不良后果。

戴维斯的深思熟虑与心思细腻，带领德军赢了一场漂亮的战役，而不考虑那么多细枝末节的盟军却因盲目效仿导致损失惨重。直到二战结束，从德国空军俘虏口中才得知，戴维斯只是给飞行员做了一个小小的手术。

在人生的战场中，遭遇穷途末路的时候不妨从小处着手，反而更容易找到通路，将对手一举击溃，你才会成为最后的赢家。

真正的较量

翁方纲是清代乾隆年间非常著名的书法家。他写字有一个习惯，就是酷爱模仿。每次写字的时候，总是竭尽所能地让每一笔每一画都酷似前代的某一个人。如果这一横要像苏东坡的，那一捺就要像李太白的，非常的讲究。

和他同时代的还有一位书法家，名叫刘石庵，非常勤奋，每天早上起床后就开始书法晨练。他追求的风格和翁方纲则完全不同，要求每一笔每一画都不同于古人，讲究笔法自然。

有一天，两人在一次文友聚会上相遇，会场气氛很热烈，有的赋诗填词，有的吹拉弹唱，有的拿起画笔现场作画。有个人提议道："你们两个都是久负盛名的书法家，何不一展墨宝，让大家饱饱眼福呢？"他的话引起了大伙儿的一致赞同。

刘石庵铺开宣纸，挥毫泼墨，一气呵成，周围一片喝彩声。随后，翁方纲拿起竹笔，一笔一画，慢琢细点，掌声在人群里不时地响起。大家对两位书法家的表现非常满意。

宴席上，翁方纲举起酒杯笑眯眯地对刘石庵说："请问仁兄，你的字有哪一笔是古人的？”刘石庵听后不仅不生气，反而也用笑眯眯的眼光反问道：“我的字就是我的，哪一笔都不是古人的，也请问仁兄一句，您的字，究竟哪一笔是您自己的呢？”翁方纲一听，顿时张口结舌，无言以对，不好意思地离开了。

重视并继承前人的成果，固然无可厚非。但是，任何一门学问和技艺又总是要向前发展的，因循守旧，墨守成规，不敢越雷池半步，不仅使这门学问失去生命力，直至灭亡，还扼杀了自身的创新能力。

三分好奇　七分执着

20世纪50年代，苏联在莫斯科举办了一次大型油画展览，来参观的人络绎不绝，都想一睹大师们巧夺天工的杰作。地质工程师狄米尔是其中之一。

他经朋友介绍来参观，可是看了很多画都感觉印象不深。就在准备离开的时候，一个不经意的回头，偏僻角落处挂的一幅画吸引了他的目光。狄米尔对着这幅画仔细审视起来。原来，画面上画的是一片草木不生的山峦，紫气冉冉的，显得异常的荒凉、瑰丽、恐怖而且神秘。也许是职业的敏感还是其他原因，他隐隐感觉到这幅画里似乎隐藏着什么东西。这种好奇意识挥之不去，他想探个究竟。最后，他决定去拜访这幅作品的主人——一名经常在野外写生的画家。

经过多方打听，得知画家住在圣彼得堡。当他敲开画家院门的时候，开门的是一位六十多岁的老太太。得知他的来意，老太太很遗憾地告诉他，丈夫两个月前刚刚去世。狄米尔非常失望，他用求告的语气对老太太说："画家不在了，您多保重，能让我再瞻仰一下他的遗物吗？"将要转身离开的老太太一听，一脸茫然地说："家里面留下的只有老伴的一堆旧书纸,没啥值钱的。”但她还是经不住狄米尔的再三请求,老太太让他进了家门。在画家的书房里,狄米尔发现了几本创作日记。他如获至宝,对老太太说:“我能借走看下吗?我借期一个月,给您付租金……”面对狄米尔的死缠烂打,老太太最终答应了。

很快,狄米尔根据画家日记提供的线索,终于找到了当年画家写生的实地。这是西伯利亚一个人迹罕至的地方,在山峦的怀抱中有一片奇特的湖,凝碧的“湖水”竟然全是水银。四周草木不生、一片荒凉,原来紫气是水银蒸发的毒气造成的。狄米尔意外地发现了一个天然水银矿!

当狄米尔将这一重要发现上报后,引起了政府的高度重视,很快进行了保护性的开发。人们对他发现水银矿的执着及曲折经历表示非常惊奇,狄米尔却说:“一个人若能保持一颗好奇心,再加上坚定执着的决心和行动,那么他总是能发现一些别人预见不到的东西与宝藏。”很多人往往停留在想一想的层面,从来不去实施,从画中看出端倪的,绝对不止狄米尔一个人,但却只有他最后发现了这个震惊世界的宝藏。

另一种捷径

法国著名物理学家居里是用人工方法得到放射性同位素的发现者。在一次实验中，他用a粒子对铍进行轰击，当时发出的能量很高，他对助手说："是什么才会发出这样高的能量？一定是高能光子！"助手表示赞同。

没过多久，英国科学家卢瑟福来法国讲学，当助手将这个消息告诉居里后，他显出鄙夷的神色道："做学术的人不在实验室里搞研究，却将时间浪费在做报告上，太可惜了！反正我是不会去听的。"

当天，来现场听讲的有上千人，座无虚席，场面异常火爆，就连英国物理学家查德威克也从英国赶来听课了。查德威克是卢瑟福的学生，几乎每场课他都来，而且非常认真细心，他边听边记，不放过任何一个疑点和细节。在听到放射性现象中有可能存在中子的时候，他开始留意这个问题。经过反复的实验，他也发现了这个"高能光子"，查德威克想到了老师在做报告的时候说的那句话。"对，一定是中子！"他朝着这个方向继续研究，很快就提出了"中子说"并证实了中子的存在，也因此获得了当年的诺贝尔物理学奖。

得知这个消息，居里才意识到自己当初做出了一个错误判断，不是将中子错看作高能光子，而是对这次报告的疏忽并轻易地加以否定，以至于与诺奖失之交臂。每当提及此事，居里就会懊悔地说："我太重视自身实践的重要，却忽略了从别人那里吸纳思想成果。"

人的精力和生命是有限的，不可能事必躬亲。重视实践获得的直接经验固然很好，汲取别人的经验又何尝不是一种捷径呢？

规　则

18世纪60年代初的一天深夜，一场大火烧毁了哈佛大学的图书珍藏馆。这里面有当年哈佛牧师遗赠的250本书，是真正的珍品。

就在大火发生前一天，一名叫作杰克的学生恰巧将一册名为《基督教针对魔鬼、俗世与肉欲的战争》的书带出馆外，打算悠闲时在宿舍阅读。当他得知发生火灾后，内心开始纠结。他想："这本书已是250本里唯一存世的了，如果我不告诉学校，保存下来一定能卖很高的价钱！可要是不交出的话，自己将陷入不诚信的精神折磨里……"

经过一番思想斗争后，他找到了当时的校长霍里厄克，把书还给了学校。霍里厄克校长接过书说道："太感谢你了，你真是一个诚实的学生。可是我还是要告知你，你被开除出校了，因为你违反了学校的规定……"原来，学校有规定，图书珍藏馆里的书，学生只能在馆内阅读，不能携带出馆，违者立即开除。

杰克惊愕地睁大双眼，他以为交出了书就可以免除责任，哪知道还是躲不过。

最后，杰克向校长道歉道："不管怎么说，我让这本书躲过了一劫，可以给我一次改正错误的机会吗？保证下不为例！”霍里厄克回答道：“你将书归还给学校，说明你有良好的道德品质，但违反了校规，仍是不可宽恕的，规则面前没有下不为例。因为，‘让校规看守哈佛的一切，比让道德看守哈佛更安全有效。’这是哈佛一直以来的行事态度。”

杰克听后低头无语，最终因这本书而遗憾地离开了哈佛校园。

规则仿若一方篱笆，使丛杂的草木藤蔓不会肆意蔓延。人们的道德底线深浅不一，但相同的是头顶上都悬着一把叫作“规则”的刀，它时刻提醒我们注意自己的言行。不以规矩，不能成方圆，规则高于一切，正是对规则的恪守和捍卫，成就了哈佛大学的发展与壮大。

泥土情报

1944年1月，盟军为反攻欧洲大陆、开辟第二战场，寻找到一个极佳的登陆地点——诺曼底海岸。这里距离出发地英国较近而且地势开阔，海滩平缓，有利于大兵团登陆作战。

一个寒冷的冬夜，侦察队员杰克和汤姆驾驶一艘英国小型潜艇悄悄潜到诺曼底附近的海岸。上了海滩后，他们一边观察有无德国哨兵，一边小心翼翼地摸索前进，将看到的每一处地形状况牢记于心，还在不同的地方做下暗记。

回到盟军指挥部，两人将看到的情况如实向上司报告。巴顿将军听完后准备让两人退下，坐在一边的蒙哥马利却拦住了，他说："你俩从今晚开始还继续侦查，一个晚上只侦查海滩的一个角落……"杰克和汤姆感到不可思议，就连巴顿将军也不知他葫芦里卖的什么药。

晚上出发前，蒙哥马利对两人耳语了一阵。20天后，两人顺利完成了任务。巴顿将军不解地问道："他们将海滩的角角落落跑了个遍，带回的情报不还是老样子吗？"此时，蒙哥马利才微笑着告诉巴顿："他们给我带回来了最'土'的情报，它关系这次登陆的成败。"说着拿出了一包包的东西，巴顿打开一看，全是沙土！经过蒙哥马利解释才明白其中原委。

原来，当杰克两人汇报侦查信息时，蒙哥马利看到了两人鞋子上沾的泥土，让他突然想起了一个被忽略的重要情况：诺曼底海滩的泥土性质到底什么样？他让杰克两人花费20个夜晚，取回海滩各个角落的沙土样品，然后让岩石工程专家对沙土样品进行分析，发现诺曼底海滩的沙土黏土含量高、黏性大。通过计算，专家给出这样的结论：如果不采取措施，盟军的重型坦克在登上海岸后，将不可避免地陷入黏性过大的沙土中而无法动弹！巴顿听后倒吸一口凉气。

随后，盟军的后勤保障部门因势而为，根据专家的分析报告发明了一种新式坦克。前头带有一卷钢席，当它登上海滩后，就开始不断地铺设钢席，形成一条钢席道路，坦克行驶受不到一点影响。

1944年6月5日深夜，盟军将诺曼底登陆作战计划付诸实施。新式坦克在海滩上铺下了一条条钢席道路，冲破了德军的防线，最终取得了诺曼底登陆的成功。

诺曼底登陆作为曾经的经典战役，谁也不会想到，泥土为他们带来了多么重大的情报！一场战争也要从小处着眼，步步为营，这样才能将对方一击即溃。

集体出错34年

美国波士顿科学馆每年都接待上千万名游客,很多人都抱着对科学膜拜的心情来参观。

今年7月的一天,快下班时,数学展区的工作人员弗朗恩被一个大男孩截住:"我要找馆长反映问题……"

"馆长不在,马上下班了,有事改天再来吧。"弗朗恩婉拒了对方的请求。

第二天,男孩又来了,但还是没能见到馆长。男孩一转念,留下一封信。

馆长接到信后一脸惊异:"不可能吧?怎么会这样?"

原来,这名男孩是弗吉尼亚州高中生罗森菲尔德,今年15岁。他发现一个有关黄金比例的方程式中的"+",被写成了"−"。罗森菲尔德的爷爷是数学教授,受爷爷的影响,男孩对这个方程式非常熟悉。他很肯定这个方程式是错的。

馆长为此召开紧急会议。数学展区自1981年起对外展出,目的是"为每个人提供欣赏奇妙数字的机会"。当时,科学馆请了一位著名的数学家来拟定，可是草稿中的方程式比较长，他在简化过程中不小心弄错了。审定人觉得，数学家对方程式早已烂熟于心，根本不用细看；技术人员只负责在纪念牌子上进行镌刻，更不会注意这些。谁都没有观察到这个细小的失误。

大家都认为这是很厉害的专家计算的，怎么会出错呢？但它就是错了，而且错了34年，在罗森菲尔德出现之前，没有一个人提出质疑。

科学馆特意写信感谢纠错的罗森菲尔德，并立即修改了错误的符号。

当对权威产生依赖思想的时候，盲从自然产生。

· 教授读过的书有什么不同

20世纪60年代的一天，美国麻省理工学院教授乔姆斯基正准备出门，突然门铃响起，开门一看，是一名年轻人。得知来意，乔姆斯基让他进屋说话。

年轻人一进屋就说：“我是咱们学院的学生，再有一年就要毕业，可是很茫然。读了那么多书，却没多少印象，如今仍是腹内空空。老师在语言学方面是大师，想请教您一个读书方面的问题。我想在大学最后一年里潜心读几本书，老师能不能给指点一下？”

乔姆斯基问道：“平时你都读哪些书啊？”

“老师们不是经常说要博览群书嘛，我读的范围很广，文史、经管、语言……”年轻人如数家珍，说着还拿出自己平时读的书让乔姆斯基看。乔姆斯基看后说：“你跟我来一下。”说完，乔姆斯基领着年轻人来到了自己的书房。

走进里面一看，年轻人非常吃惊，书架上的书很少！他惊异地问道：“老师那么大的学问，难道说只读这么少的书就可以？……”

乔姆斯基笑了笑，从书架上抽出一本书递给年轻人，说：“你看下和你的书有什么不同。”年轻人接过书一看也笑了，说：“这么巧，这本书我也读过。”

“你认真看下和你读的书有什么不同。”乔姆斯基再次说道。年轻人仍不解其意，看不出和自己读的书有何区别。

乔姆斯基最后说道：“你发现没有，我读书唯一跟你们不同的是，你们的书往往前面翻得很旧，后面却是新的。而我的书则愈到后面翻得愈破。博览群书是好事，但读每本书都要认真地去读，不向深处钻研，浅尝辄止是什么也得不到的。做任何事情也一样，蜻蜓点水，浮光掠影永远得不到最真谛的内容。”年轻人听后脸红耳赤，心悦诚服地离开了这里。

一本书只有彻底吃透内涵，才算真正读完了它。做事也一样，缺乏恒心只会导致虎头蛇尾，唯有认真坚持到底才算完美地完成。很多时候我们迷茫，或许只是因为从来没有用心地去专注一件事或者一个方面。

指责“教授”的犯人

二战期间，在盟军监狱里，刑讯官的拷打声和犯人的哀号声不时传来，阴森恐怖的监牢让人不寒而栗。面对酷刑，仍有不少人拒绝招出一切。他就是其中一位。

抓进监狱已经快一个星期了，盟军软硬兼施，无论采取什么办法，都难以从他的口中得到半点情报信息。

这天，他被转移到了另外一个审讯室，从监牢到审讯室有很长一段路要走。路过一个屋子的时候，看到很多人在里面静静地听课，一位秃顶的老“教授”站在讲台上侃侃而谈，下面的学生听得津津有味。审讯归来的时候，“教授”还在不厌其烦地大讲特讲，他侧着耳朵一听，好像在讲一些船舶知识，听了几句，脸上露出鄙夷的神情，随后就走了。

隔了一天，他再次被提审，路过的时候又看到了同样的场景，于是停下脚步，认真倾听起来。不到五分钟的时间，他突然闯进屋子，冲上讲台，夺过课本，怒不可遏地对“教授”吼道：“你讲的什么内容，是这样讲的吗？连基本的常识都不对，快下去！不要再误人子弟了……”

秃顶“教授”睁着惊愕的双眼反驳道：“本来就是如此，我一直这样讲……”

“你一直这样讲，你一直都是错的，快下去，我来讲！”他把“教授”推下讲台，拿起粉笔在黑板上又写又画，滔滔不绝地讲了起来，同学们在下面都拿着笔飞快地在本子上做着记录。而此时，两名押解他的士兵早在门口打起了盹儿。

当他神采飞扬地全部讲完后，面对下面的听众，突然意识到了什么……

原来，他是德国著名潜艇专家雷恩。盟军想尽一切办法从他口中探出有关潜艇的情报，最后了解到雷恩治学严谨，对自己和别人工作中的任何差错都绝不姑息，就想到了这个妙策。雷恩果然轻易上当，盟军如愿以偿，获得了关于潜艇方面的情报信息。

面对酷刑和利诱，雷恩没有丝毫松动，但盟军只凭一个小计谋就让他和盘托出。可见，击败一个人，关键在于抓住对方的软肋，然后一举歼之。雷恩有着自己的坚韧气节，也有着治学严谨的作风。盟军的聪明之处就在于避其锋芒，从别的突破口巧妙地套出机密情报。

·大师的游戏

一位国学大师在给一群大学生上课。在讲到成功的因素时,他让大家做一个小游戏。

大师先给每人发了张白纸,让他们写上自己的名字,再将纸揉成团。接着,他把垃圾桶放到讲台前,说:“游戏很简单,就是你们把手中的纸团扔到垃圾桶里,但你们必须在自己座位上扔,不能离开。”大师话音刚落,坐在后面的学生就抗议道:“不公平!我们离垃圾桶太远了,前面的人离得那么近!”

大师笑而不语。等静下来后,他宣布游戏开始。大家纷纷将纸团扔向垃圾桶。前排的学生毫无顾虑,认为一定能够轻松扔进去,但依然有好几位没成功。后面的学生看到距离那么远,大多象征性地随意扔出,但有几位非常认真,伸展着胳膊做出抛物状,让纸团稳稳地落进垃圾桶。

游戏结束,大师问道:“前排的同学都投进了吗?”前排的学生摇头。“那后面的同学都没有投进吗?”“有人进了。”后排的学生答道。大师说:“为什么后排有人可以投进呢?因为他们认真。他们即使处在不利位置,只要认真对待,仍旧能够超越先天条件好却不知珍惜的人。改变这一切的,恰恰是他们认真的心态。”

良　知

帕丽斯的丈夫名叫朗威，是一名曾经在纳粹部队服役的军官。1943年冬天，朗威休假回家。晚上洗脚的时候，朗威对妻子说道："还是待在家里舒服，这该死的战争什么时候才能结束？如果不是……"妻子心不在焉地听着他的絮叨，不时地点头附和。

返回部队刚三天，朗威就接到了部队军事法庭的传单，理由是他在休假期间发表过有损希特勒的言论。根据1934年纳粹政府的一项命令，凡发表不利于第三帝国的言论都是非法的，一经发现就要被判死刑，朗威面临灭顶之灾。

1949年5月的一天，德国班贝格法院审理一起案件。坐在被告席上的竟然是朗威的妻子帕丽斯！其实，丈夫朗威当年并没有执行死刑，得知实情后，他将妻子告上了法庭。

原来，帕丽斯早就有了外心，为了和邻居小伙戴恩长期厮守在一起，曾蓄谋已久，但一直找不到妥当的时机。当听到丈夫攻击希特勒政府的言论后，帕丽斯豁然开窍。朗威因言获罪，最终被判处死刑。

法庭上，帕丽斯一再辩解："我没有罪，为什么要对我判刑？朗威当时确实说了反动的话，我向当局反映是合法的……”法官义正词严地对她说道：“你确实拥有当时法律赋予你的神圣权利——‘告密权’，你的做法符合当时的法律，朗威也是按照当时的法令判刑的，但纳粹政府的法令违反了人类良知与正义感，因而它是无效的……”帕丽斯听后沉默不语。

“告密权”是当时法律赋予的权利，但这个世界不仅仅有法律，还有良知，法律要建立在良知的基础之上。当法律和良知冲突的时候，最高的行为准则不是法律，而是内心的良知。这“最高的良知”就是超越法律的法律，依照违反良知的法律去做，貌似遵法，实是犯罪。